KB267302

KB267302

한뼘
명시

한국 현대시는 일반적으로 20세기 초 신체시와 자유시의 등장 이후부터 현재까지 창작된 시를 의미한다. 이 시기는 일제강점기부터 해방, 전쟁, 산업화, 민주화 등 격동의 한국 현대사가 포함된다.

한국 현대시는 격동의 시기 현실을 비판하거나 성찰하고, 때로는 개인의 존재 의미를 탐구하는 역할을 수행했다. 따라서 한국 현대시는 역사성과 개인성이 긴밀하게 결합된 문학으로 평가를 받기도 한다.

이 책에는 한국 대표 현대시 106선이 엄선돼 실려있다. 시기적으로는 일제 강점기부터 해방 이후까지 초·중기 현대시를 중심으로 담고 있다.

아픔과 격동의 시대, 그 시대를 살아간 시인들의 고민과 극복, 연민과 애정, 도전과 희망 등 이 시기 시 속에는 시대상이 함축돼 있다.

최남선, 주요한, 김소월, 이육사, 이상, 한용운 등 이름만으로 당대 시문학을 대변하는 시인들의 대표 시를 통해, 그들의 고민과 자아에 공감하면서 현재 또 다른 우리들의 생각을 투영해 볼 수도 있다.

시를 읽으면 좋은 점은 무엇보다 언어 감수성이 풍부해진다는 것이다. 시는 짧은 언어 속에 깊은 의미를 담고 있어, 독자로 하여금 사유하고 느끼는 힘을 기르게 한다. 또한 시를 통해 타인의 감정과 삶을 이해하며 공감 능력을 키울 수 있다.

복잡한 현실 속에서 시는 잠시 멈추어 자신과 세계를 돌아보게 하는 여유와 위로를 제공하며, 삶을 보다 깊고 넓게 바라보는 시각을 길러준다.

바쁜 일상에서 이 책 속의 시를 읽고, 공감되는 문구를 필사하며 생각의 여유와 위로가 독자들에게 전달되길 고대한다.

_편집자 주

·차례·

한 뼘
명시

해(海)에게서 소년에게

1

처얼썩 처얼썩 척 쏴아아.
때린다 부순다 무너 버린다.
태산 같은 높은 뫼, 집채 같은 바윗돌이나,
요것이 무어야, 요게 무어야.
나의 큰 힘 아느냐 모르느냐, 호통까지 하면서,
때린다 부순다 무너 버린다.
처얼썩 처얼썩 척 튜르응 꽉.

2

처얼썩 처얼썩 척 쏴아아.
내게는 아무것 두려움 없어,
육상에서 아무런 힘과 권(權)을 부리던 자라도
내 앞에 와서는 꼼짝 못하고,
아무리 큰 물건도 내게는 나의 앞에는
처얼썩 처얼썩 척 튜르응 꽉.

3

처얼썩 처얼썩 척 쏴아아.

나에게 절하지 아니한 자가

지금까지 있거든 통기(通奇)하고 나서 보아라.

진시황, 나파륜, 너희들이냐.

누구 누구 누구냐 너희 역시 내게는 굽히도다.

나하고 겨룰 이 있건 오너라.

처얼썩 처얼썩 척 튜르웅 꽉.

4

처얼썩 처얼썩 척 쏴아아.

조그만 산모를 의지하거나,

좁쌀 같은 작은 섬, 손뼉만한 땅을 가지고,

고 속에 있어서 영악한 체를

부리면서, 나 혼자 거룩하다 하는 자,

이리 좀 오너라, 나를 보아라.

처얼썩 처얼썩 척 튜르릉 꽉.

5

처얼썩 처얼썩 척 쏴아아.

나의 짝 될 이는 하나 있도다.

크고 길고 넓게 뒤덮은바 저 푸른 하늘,

저것은 우리와 틀림이 없어,

작은 시비, 작은 쌈, 온갖 모든 더러운 것 없도다.

조 따위 세상에 조 사람처럼.

처얼썩 처얼썩 척 튜르릉 꽉.

6

처얼썩 처얼썩 척 쏴아아.

저 세상 저 사람 모두 미우나,

그 중에서 똑 하나 사랑하는 일이 있으니,

담 크고 순진한 소년배(小年輩)들이

재롱처럼 귀엽게 나의 품에 와서 안김이로다.

오너라 소년배 입맞춰 주마.

처얼썩 처얼썩 척 튜르릉 꽉.

_ '소년' 창간호. 1908. 11

○　　　근대 잡지의 효시인 '소년' 창간호의 권두시. 서구 자유시의 영향을 받은 최초의 신시(新詩)로 꼽힌다. 육당(六堂) 최남선은 불과 17세에 당시 위태로웠던 국운에 새로운 희망을 상징으로 제호를 '소년'으로 잡지를 창간했다고 알려진다.

○　　　**최남선**　1890년 서울 출생 / 1906년 와세다 대학 고등사범부 지리역사학과 입학 / 1908년 월간지 '소년' 창간 / 1919년 3.1운동 당시 '독립선언서' 기초, 체포돼 다음 해에 출옥 / 1949년 해방 후 친일 반민족 행위로 기소 / 1957년 사망

비둘기

오오 봄 아침에 구슬프게 우는 비둘기
죽은 그 애가 퍽으나마 설게 듣던 비둘기
그 애가 가는 날 아침에도 꼭 저렇게 울더니.

그 애, 그 착한 딸이 죽은 지도 벌써 일 년
'나두 죽어서 비둘기가 되고 싶어
산으로 돌아다니며 울고 싶어' 하더니

_ '조광' 1936. 5

　　○　　　이광수는 신문학의 개척자로 근대 소설가의 대표주자다. 시와 시조도 즐겨 쓴 것으로 알려진 이광수의 이 작품은 비둘기를 소재로 죽은 딸에 대한 슬플 기억을 그렸다.

　　○　　　**이광수** 1892년 평안북도 정주 출생 / 1910년 메이지 학원 중학부 졸업 / 1917년 '매일신보'에 장편소설 '무정' 연재 / 1919년 '2.8 독립 선언서'를 기초하고 상해로 탈출, 상해 임시정부 기관지 '독립신문' 주간 / 1939년 조선 문인 협회 회장 / 1950년 6.25때 납북

샘물이 혼자서

샘물이 혼자서
춤추며 간다.
산골짜기 돌 틈으로

샘물이 혼자서
웃으며 간다.
험한 산길 꽃 사이로

하늘은 맑은데
즐거운 그 소리
산과 들에 울리운다.

_ '학우' 창간호. 1919. 1

○   교토(京都) 유학생회 기관지 '학우'에 발표된 시. 3.1운동이 일어나기 두 달전에 발표된 이 시는 절망적인 상황에서 미래에 대한 희망과 새로운 삶에 대한 개척 의지를 담은 것으로 평가 받는다.

○   **주요한** 1900년 평안남도 평양 출생 / 1918년 일본 메이지 학원 중등부 졸업 / 1919년 문학 동인지 '창조' 동인 / 1925년 중국 상해 호강 대학 졸업 / 1929년 동아일보사 편집국장 / 1933년 조선일보사 편집국장 / 1980년 사망

봄은 간다

밤이로다.
봄이다.

밤만도 애달픈데
봄만도 생각인데

날은 빠르다.
봄은 간다.

깊은 생각은 아득이는데
저 바람에 새가 슬피 운다.

점은 내 떠돈다.
종소리 빗긴다.
말도 없는 밤의 설움

소리 없는 봄의 가슴

꽃은 떨어진다.

님은 탄식한다.

_'태서문예신보' 1918. 11

○　　이 시는 근대적 서정성을 바탕으로 식민지 시대 청년 지식인의 고뇌를 '밤' '바람' '검은 내' 등 상징적인 시어로 표현했다. 특히 이 시들의 한자어에서 벗어나 순 우리말로 표현한 것이 특징이다.

○　　**김억** 본명 김희권 / 1896년 평안북도 정주 출생 / 1907년 오산학교 입학 / 1913년 게이오 의숙 영문과 입학 / 1916년 오산학교 교사로 부임. 김소월 지도 / 1920년 '폐허' '창조' 동인 / 1924년 동아일보사 학예부 기자 / 1950년 6. 25 때 납북

벽모(碧毛)의 묘(猫)

어느 날 내 영혼의
낮잠터 되는
사막의 수풀 그늘로서
파란 털의
고양이가 내 고적한
마음을 바라다보면서
(이 애, 너의
온갖 오뇌(懊惱), 운명을
나의 끓는 샘 같은
애(愛)에 살짝 삶아 주마.
만일에 네 마음이
우리들의 세계의
태양이 되기만 하면,
기독(基督)이 되기만 하면.)

_'폐허' 창간호. 1920. 7.

○   우리나라 최초의 난해(難解)시로 평가받는 시다. 시에 등장하는 '고양이'와 '나'는 모두 시인의 분신이다. '고양이'는 시인의 본래적 자아인 악마적 모습을, '나'는 현실적인 자아를 표현했다.

○   **황석우** 1895년 서울 출생 / 와세다 대학 정경학부 수학 / 1920년 '폐허' 동인 / 1928년 중앙일보사 기자 / 1960년 사망

방랑(放浪)의 마음

흐름 위에
보금자리 친
오— 흐름 위에
보금자리 친
나의 혼(魂)…….

바다 없는 곳에서
바다를 연모(戀慕) 하는 나머지에
눈을 감고 마음 속에
바다를 그려 보다
가만히 앉아서 때를 잃고……

옛 성 위에 발돋움하고
들 너머 산 너머 보이는 듯 마는 듯
어릿거리는 바다를 바라보다
해 지는 줄도 모르고—

바다를 마음에 불러일으켜

가만히 응시하고 있으면

깊은 바닷소리

나의 피의 조류(潮流)를 통하여 오도다.

망망(茫茫)한 푸른 해원(海原)—

마음 눈에 펴서 열리는 때에

안개 같은 바다와 향기

코에 서리도다.

_'동맹' 18호. 1923. 1.

○　　　일생을 독신으로 외롭게 살다 세상을 떠난 오상순은 하루 200
개비의 줄담배를 피워 호(呼) 도 공초(空超)로 불렸다. 이 시는 일제 치하
라는 암울한 현실을 벗어나 이상향을 그리며 정처 없이 떠도는 마음을
나타내고 있다.

○　　　**오상순**　1894년 서울 출생 / 1906년 경신 학교 졸업 / 1918년
도시샤 대학 종교학과 졸업 / '폐허' 동인 / 1963년 사망

월광(月光)으로 찬 병실(病室)

밤은 깊이도 모르는 어둠 속으로
끊임없이 구르고 또 빠져서 갈 때
어둠 속에 낯을 가린 미풍의 한숨은
갈 바를 몰라서 애꿎은 사람의 마음만
부질없이도 미치게 흔들어 놓도다
가장 아름답던 달님의 마음이
이때이면 남몰래 앓고 서 있다.

근심스럽게도 한 발 한 발 걸어 오르는 달님의
정맥혈(靜脈血)로 짠 면사(面絲) 속으로서 나오는
병든 얼굴에 말 못하는 근심의 빛이 흐를 때,
갈 바를 모르는 나의 헤매는 마음은

부질없이도 그를 사모하도다.
가장 아름답던 나의 쓸쓸한 마음은
이때로부터 병들기 비롯한 때이다.

달빛이 가장 거리낌없이 흐르는
넓은 바닷가 모래 위에다
나는 내 아픈 마음을 쉬게 하려고
조그만 병실을 만들려 하여
달빛으로 쉬지 않고 쌓고 있도다.
가장 어린애같이 빈 나의 마음은
이때에 처음으로 무서움을 알았다.

한숨과 눈물과 후회와 분노로
앓는 내 마음의 임종(臨終)이 끝나려 할 때
내 병실로는 어여쁜 세 처녀가 들어오면서
―당신의 앓는 가슴 위에 우리의 손을 대라고 달님이
우리를 보냈나이다.―
이때로부터 나의 마음에 감추어 두었던
희고 흰 사랑에 피가 묻음을 알았도다.

나는 고마워서 그 처녀들의 이름을 물을 때
―나는 '슬픔'이라 하나이다.
나는 '두려움'이라 하나이다.
나는 '안일(安逸)'이라고 부르나이다.
그들의 손은 아픈 내 가슴 위에 고요히 닿도다.

이때로부터 내 마음이 미치게 된 것이
끝없이 고치지 못하는 병이 되었도다.

_'백조' 3호. 1923. 9.

○　　이 시는 '꿈의 나라로' '유령의 나라'와 함께 박영희의 '병든 낭만주의'의 실상을 보여주는 작품으로 평가된다. '병든 낭만주의'는 문학 동인지 '백조'의 대표 경향으로 3.1운동 실패로 인한 민족적 좌절감과 암울한 시대적 분위기에 편승한 개인적 성향이 만들어냈다. 조선 프롤레타리아 예술가 동맹(KAPF)을 주도했던 박영희는 "얻은 것은 이데올로기요, 잃은 것은 예술이다"라는 유명한 말을 남기고 전향했다.

○　　**박영희** 1901년 서울 출생 / 1919년 배재 고등보통학교 수학 / 1921년 종합 교양지 '신청년' 동인 / 1922년 문학 동인지 '백조' 동인 / 1925년 조선 프롤레타리아 예술가 동맹(KAPF) 조직 주도 / 1934년 '최근 문예운동의 신전개와 경향'을 발표하며 전향 / 1939년 조선 문인 협회 간사 / 1950년 납북 / 시집 '회월 시초'(1937년)

사(死)의 예찬(禮讚)

보라!

때 아니라, 지금은 그때 아니다.

그러나 보라!

살과 혼

화려한 오색의 빛으로 얽어서 짜 놓은

훈향(薰香) 내 높은

환상의 꿈터를 넘어서.

검은 옷을 해골 위에 걸고

말없이 주토(朱土) 빛 흙을 밟는 무리를 보라.

이곳에 생명이 있나니

이곳에 참이 있나니

장엄한 칠흑(漆黑)의 하늘, 경건한 주토의 거리

해골! 무언(無言)!

번쩍거리는 진리는 이곳에 있지 아니하냐.

아, 그렇다 영겁(永劫) 위에.

젊은 사람의 무리야!
모든 새로운 살림을
이 세상 위에 세우려는 사람의 무리야!
부르짖어라, 그대들의
얇으나 강한 성대가
찢어져 해이(解弛)될 때까지 부르짖어라.

격분에 뛰는 빨간 염통이 터져
아름다운 피를 뿜고 넘어질 때까지
힘껏 성내어 보아라
그러나 얻을 수 없나니,
그것은 흐트러진 만화경(萬華鏡) 조각
아지 못할 한때의 꿈자리이다.
마른 나뭇가지에
고웁게 물들인 종이로 꽃을 만들어
가지마다 걸고
봄이라 노래하고 춤추고 웃으나
바람 부는 그 밤이 다시 오면은

눈물 나는 그 날이 다시 오면은
허무한 그 밤의 시름 또 어찌하랴?
얻을 수 없나니, 참을 얻을 수 없나니
분 먹인 얇다란 종이 하나로.

온갖 추예(醜穢)를 가리운 이 시절에
진리의 빛을 볼 수 없나니
아, 돌아가자.
살과 혼
훈향내 높은 환상의 꿈터를 넘어서
거룩한 해골의 무리
말없이 걷는
칠흑의 하늘, 주토의 거리로 돌아가자.

_'백조' 3호. 1923. 9.

○   퇴폐적이고 세기말적인 경향을 보여주는 1920년대 대표적 낭만주의 시로 평가받는 작품. 일제 치하의 암울한 현실을 떠나 진리와 영원을 추구하기 위해 죽음을 예찬하고 있는 것으로 해석된다. 특히 이 시의 현실 도피는 생의 차원 높은 긍정을 역설적으로 표현한 것으로 평가받는다.

○   **박종화** 월탄(月灘) / 1901년 서울 출생 / 1920년 휘문 의숙 졸업 / 1922년 문학 동인지 '백조' 동인 / 1949년 한국 문학가 협회 회장 / 1955년 예술원 회장 / 1981년 사망

빼앗긴 들에도 봄은 오는가

지금은 남의 땅— 빼앗긴 들에도 봄은 오는가?

나는 온 몸에 햇살을 받고
푸른 하늘 푸른 들이 맞붙은 곳으로
가르마 같은 논길을 따라 꿈 속을 가듯 걸어만 간다.

입술을 다문 하늘아, 들아,
내 맘에는 내 혼자 온 것 같지를 않구나!
네가 끌었느냐, 누가 부르더냐. 답답워라, 말을 해 다오.

바람은 내 귀에 속삭이며
한 자욱도 섰지 마라, 옷자락을 흔들고
종다리는 울타리 너머 아씨같이 구름 뒤에서 반갑다 웃네.

고맙게 잘 자란 보리밭아,
간밤 자정이 넘어 내리던 고운 비로

너는 삼단 같은 머리털을 감았구나, 내 머리조차 가뿐하다.

혼자라도 가쁘게나 가자.
마른 논을 안고 도는 착한 도랑이
젖먹이 달래는 노래를 하고, 제 혼자 어깨춤만 추고 가네.

나비 제비야 깝치지 마라.
맨드라미 들마꽃에도 인사를 해야지.
아주까리 기름을 바른 이가 지심 매던 그 들이라 다 보고 싶다.

내 손에 호미를 쥐어 다오.
살진 젖가슴과 같은 부드러운 이 흙을
발목이 시도록 밟아도 보고, 좋은 땀조차 흘리고 싶다.

강가에 나온 아이와 같이,
짬도 모르고 끝도 없이 닫는 내 혼아
무엇을 찾느냐, 어디로 가느냐, 웃어웁다, 답을 하려무나.

나는 온몸에 풋내를 띠고,

푸른 웃음 푸른 설움이 어우러진 사이로

다리를 절며 하루를 걷는다. 아마도 봄 신령이 지폈나 보다.

그러나, 지금은— 들을 빼앗겨 봄조차 빼앗기겠네.

○　　　이 시는 '지금은 남의 땅'이 돼 버린 식민지 조국의 현실에 대해 쓴 저항적 성격의 작품이다. 날카로운 현실 인식과 조국애로 쓴 이 시는 일제 치하에서 발표된 수많은 작품 중 저항성과 현실 상황이 가장 잘 반영된 작품으로 평가된다.

○　　　**이상화**　1901년 경상북도 대구 출생 / 1915년 경성 중앙학교 입학 / 1919년 대구에서 3.1 운동 거사하려다 실패 / 1922년 '백조' 동인 / 1925년 카프(KAPF) 참여 / 1935년 중국으로 건너감 / 1936년 귀국 후 체포돼 옥고 / 1943년 사망

논개

거룩한 분노는
종교보다도 깊고
불붙는 정열은
사랑보다도 강하다.
아, 강낭콩꽃보다도 더 푸른
그 물결 위에
양귀비꽃보다도 더 붉은
그 마음 흘러라.

아리땁던 그 아미(蛾眉)
높게 흔들리우며
그 석류 속 같은 입술
죽음을 입맞추었네.
아, 강낭콩꽃보다도 더 푸른
그 물결 위에

양귀비꽃보다도 더 붉은

그 마음 흘러라.

흐르는 강물은

길이길이 푸르리니

그대의 꽃다운 혼(魂)

어이 아니 붉으랴.

아, 강낭콩꽃보다도 더 푸른

그 물결 위에

양귀비꽃보다도 더 붉은 그 마음 흘러라.

○　　　임진왜란 때 진주 촉석루에서 왜장 '개야무라 후미스케'를 껴안은 채 남강으로 떨어져 자결한 논개를 추모하는 시다. 이 시는 민족적 패배감에 젖어 있는 식민지 백성들에게 논개의 우국충절을 통해 민족 의식을 고취하고 있다.

○　　　**변영로**　1898년 서울 출생 / 1918년 중앙 고등보통학교 영어 교사 / 1920년 '폐허' 동인 / 1931년 미국으로 건너가 캘리포니아 산호세 대학에서 수학 / 1946년 성균관대학교 영문과 교수 / 1953년 서울신문사 이사. 국제 펜클럽 한국 본부 초대 위원장 / 1961년 사망

물결

물결이 바위에
부딪치면은
새하얀 구슬이
떠오릅디다.

이 맘이 고민에
부딪치면은
시커먼 눈물만
솟아납디다.

물결의 구슬은
해를 타고서
무지개 나라에
흘러가지요….

그러나 이 마음의 눈물은

해도 없어서

설거푼 가슴만

싹이는구려.

_'조선문단' 12호. 1925. 10.

○　　일제하에서 시인이 가지고 있는 고뇌와 절망감을 물결에 대비해 표현한 작품이다.

○　　**노자영**　1901년 황해도 장연 출생 / 1922년 '백조' 창간 동인 / 1925년 일본 니혼 대학에서 수학 / 1935년 '신인문학' 발행 / 1935년 조선일보사 출판부 입사 / 1940년 사망

봄은 고양이로다

꽃가루와 같이 부드러운 고양이의 털에
고운 봄의 향기가 어리우도다.

금방울과 같이 호동그란 고양이의 눈에
미친 봄의 불길이 흐르도다.

고요히 다물은 고양이의 입술에
포근한 봄 졸음이 떠돌아라.

날카롭게 쭉 뻗은 고양이의 수염에
푸른 봄의 생기(生氣)가 뛰놀아라.

_'금성' 3호. 1924. 5.

○   1920년대 초 한국 감각시를 대표하는 것으로 평가받는 시다. 예민한 감각을 소유한 것으로 알려진 이장희는 당대 대표적인 모더니스트로 불렸다.

○   **이장희** 고월(古月) / 1900년 경상북도 대구 출생 / 1917년 일본 교토 중학 졸업 / 1929년 자살

진달래꽃

나 보기가 역겨워
가실 때에는
말없이 고이 보내 드리오리다.

영변(寧邊)에 약산(藥山)
진달래꽃
아름 따다 가실 길에 뿌리오리다.

가시는 걸음걸음
놓인 그 꽃을
사뿐히 즈려 밟고 가시옵소서.

나 보기가 역겨워
가실 때에는
죽어도 아니 눈물 흘리오리다.

_'개벽' 25호. 1922. 7

○   이 시는 소월 시의 정수(正數)로 꼽히는 작품으로 이별의 슬픔을 극복하는 여인 자아를 시적으로 표현한 것으로 해석되고 있다.

우리나라 대표 시인으로 꼽히는 김소월은 150여편을 시를 남겼다. 이 시들은 대부분 그가 생전에 발간한 시집 '진달래꽃'에 담겼다. 김억은 그가 한때 지도했던 김소월이 사망한 후 '소월 시초'(1939년)를 발간했으며, 이 외 여러 시집들이 베스트셀러가 되기도 했다.

산유화

산에는 꽃 피네
꽃이 피네
갈 봄 여름 없이
꽃이 피네.

산에
산에
피는 꽃은
저만치 혼자서 피어 있네.

산에서 우는 작은 새여
꽃이 좋아
산에서
사노라네.

_시집 '진달래꽃'. 1925.

○   함축성 있는 시어를 구사해 평범하면서도 서정시의 정수를 보여주는 것으로 평가받는 시다. 이 시는 가곡으로도 만들어져 지금도 애창되고 있다.

초혼(招魂)

산산이 부서진 이름이여!
허공중에 헤어진 이름이여!
불러도 주인 없는 이름이여!
부르다가 내가 죽을 이름이여!

심중(心中)에 남아 있는 말 한 마디는
끝끝내 마저 하지 못하였구나.
사랑하던 그 사람이여!
사랑하던 그 사람이여!

붉은 해는 서산 마루에 걸리었다.
사슴의 무리도 슬피 운다.
떨어져 나가 앉은 산 위에서
나는 그대의 이름을 부르노라.

설움에 겹도록 부르노라.
설움에 겹도록 부르노라.
부르는 소리는 비껴 가지만

하늘과 땅 사이가 너무 넓구나.
선 채로 이 자리에 돌이 되어도
부르다가 내가 죽을 이름이여!
사랑하던 그 사람이여!
사랑하던 그 사람이여!

_시집 '진달래꽃'. 1925.

○   초혼(招魂)은 죽은 사람의 몸을 떠난 혼을 다시 부른다는 것을 뜻한다. 죽음 사람은 안타까워하면서 육신을 떠난 혼을 다시 불러 살려 내고픈 남은 사람은 안타까움이 담겨 있다. 시인의 죽은 여인에 대한 사무치는 그리움이 담긴 시로 해석된다.

○   **김소월** 본명 김정식 / 1902년 평안북도 구성 출생 / 1915년 오산학교 중학부 입학 / 1923년 배재 고등보통학교 졸업 / 1924년 '영대' 동인 / 1934년 사망 / 대표 시집 '진달래꽃' 등

님의 침묵

님은 갔습니다.

아아 사랑하는 나의 님은 갔습니다.

푸른 산빛을 깨치고 단풍나무 숲을 향하여 난 적은 길을 걸어서 차마 떨치고 갔습니다.

황금의 꽃같이 굳고 빛나던 옛 맹서는 차디찬 티끌이 되어서 한숨의 미풍에 날어갔습니다.

날카로운 첫 키스의 추억은 나의 운명의 지침(指針)을 돌려 놓고 뒷걸음쳐서 사라졌습니다.

나는 향기로운 님의 말소리에 귀먹고 꽃다운 님의 얼굴에 눈멀었습니다.

사랑도 사람의 일이라 만날 때에 미리 떠날 것을 염려하고 경계하지 아니한 것은 아니지만, 이별은 뜻밖의 일이 되고 놀란 가슴은 새로운 슬픔에 터집니다.

그러나 이별을 쓸데없는 눈물의 원천을 만들고 마는 것은 스스로 사랑을 깨치는 것인 줄 하는 까닭에, 걷잡을 수 없는 슬픔의 힘을 옮겨서 새 희망의 정수박이에 들이부었습니다.

우리는 만날 때에 떠날 것을 염려하는 것과 같이 떠날 때에 다시 만날 것을 믿습니다.

아아 님은 갔지마는 나는 님을 보내지 아니하였습니다.

제 곡조를 못 이기는 사랑의 노래는 님의 침묵을 휩싸고 돕니다.

_시집 '님의 침묵'. 1926.

○　　시인의 시가 가지는 특징을 함축적으로 보여주는 작품으로 평가받는다. '님'이라는 존재와 이별하는 극적 상황을 제시하고 있지만, 일제하 암울한 조국을 '님'으로 표현한 것으로도 해석되고 있다.

복종(服從)

남들은 자유를 사랑한다지마는, 나는 복종을 좋아하여요.
자유를 모르는 것은 아니지만, 당신에게는 복종만 하고 싶어요.
복종하고 싶은데 복종하는 것은 아름다운 자유보다도 달콤합니다. 그것이 나의 행복입니다.

그러나, 당신이 나더러 다른 사람을 복종하라면, 그것만은 복종할 수가 없습니다.
다른 사람을 복종하려면 당신에게 복종할 수 없는 까닭입니다.

_ 시집 '님의 침묵'. 1926.

○　　　'당신'을 조국으로, '다른 사람'을 일제로 본 이 작품은 조국에 복종함으로 누리는 참다운 자유를 표현하고 있다. 또한 일제에게는 절대 복종할 수 없다는 저항의식도 담고 있는 시다.

○　　　**한용운** 본명 한정옥 / 만해(萬海) / 1879년 충청남도 홍성 출생 / 1896년 동학 운동이 실패하자 설악산 오세암에 들어감 / 1919년 3.1 운동 민족 대표 33인 중 한 사람으로 '독립선언서'에 서명 / 1927년 신간회 중앙집행위원 / 1930년 월간 '불교' 발행인 / 1944년 사망 / 시집 '님의 침묵' 등

국경(國境)의 밤

1.

"아하, 무사히 건넜을까,

이 한밤에 남편은

두만강을 탈없이 건넜을까.

저리 국경 강안(江岸)을 경비하는

외투(外套) 쓴 검은 순사가

왔다— 갔다—

오르명 내리명 분주히 하는데

발각도 안 되고 무사히 건넜을까?"

소금실이 밀수출(密輸出) 마차를 띄워 놓고

밤새 가며 속태우는 젊은 아낙네,

물레 젓던 손도 맥이 풀려서

파! 하고 붓는 어유(魚油) 등잔만 바라본다.

북국(北國)의 겨울 밤은 차차 깊어 가는데.

2.

어디서 불시에 땅 밑으로 울려 나오는 듯
"어—이" 하는 날카료운 소리 들린다.
저 서쪽으로 무엇이 오는 군호라고
촌민(村民)들이 넋을 잃고 우두두 떨 적에
처녀(妻女)만은 잡히우는 남편의 소리라고
가슴을 뜯으며 긴 한숨을 쉰다—
눈보라에 늦게 내리는
영림창(營林廠) 산재(山材)실이 벌부(筏夫) 떼 소리언만.

3.

마지막 길 가는 병자의 부르짖음 같은
애처로운 바람 소리에 싸이어
어디서 "땅"하는 소리 밤 하늘을 짼다.
뒤이어 요란한 발자취 소리에
백성들은 또 무슨 변이 났다고 실색하여 숨죽일 때
이 처녀(妻女)만은 강도 채 못 건넌 채 사내 일이라고
문비탈을 쓸어안고 흑흑 느껴 가며 운다—
겨울에도 한 삼동(三冬), 별빛에 따라
고기잡이 얼음장 끄는 소리언만.

4.

불이 보인다 새빨간 불빛이

저리 강 건너

대안(對岸) 벌의 파수막(把守幕)에서

옥서(玉黍) 장 태우는 빠알간 불빛이 보인다.

까아맣게 타오르는 모닥불 속에

호주(胡酒)에 취한 순경들이

월월월 이태백(李太白)을 부르면서.

5.

아하, 밤이 점점 어두워 간다.

국경의 밤이 저 혼자 시름없이 어두워 간다.

함박눈조차 다 내뿜은 맑은 하늘엔

별 두어 개 파래져

어미 잃은 소녀의 눈동자같이 깜박거리고,

눈보라 심한 강벌에는

외가지 백양(白楊)이

혼자 서서 바람을 걷어 안고 춤을 춘다.

가지 부러지는 소리조차

이 처녀(妻女)의 마음을 핫! 핫! 놀래 놓으면서—

(이하 생략)

_시집 '국경의 밤'. 1925.

○   이 시는 시인 자신의 체험을 창작한 우리나라 최초의 서사시로 평가된다. 두만강 지역 국경지대를 배경으로 한 이 시는 일제에 쫓기는 밀수꾼이 되거나 만주 또는 간도 지역으로 이주한 사람들의 불안한 현실을 표현했다.

산 넘어 남촌(南村)에는

산 넘어 남촌에는
누가 살길래,
해마다 봄바람이
남(南)으로 오네.

꽃 피는 사월이면
진달래 향기,
밀 익는 오월이면
보리 내음새.

어느 것 한 가진들
실어 안 오리.
남촌서 남풍 불 제
나는 좋데나.

산 너머 남촌에는 누가 살길래,
저 하늘 저 빛깔이
저리 고울까?

금잔디 넓은 벌엔
호랑나비 떼,
버들밭 실개천엔
종달새 노래.

어느 것 한 가진들
들려 안 오리.
남촌서 남풍 불 제
나는 좋데나.

산 너머 남촌에는
배나무 있고,
배나무 꽃 아래엔
누가 섰다기.

그리운 생각에

영(嶺)에 오르니
구름에 가리어
아니 보이네.

끊였다 이어 오는
가느단 노래,
바람을 타고서
고이 들리네.

-'조선문단' 18호. 1927. 1.

○　　이 시에서 '남촌'은 구체적 지명(地名)이 아닌 시인의 이상향이라고 할 수 있다. 시인 김동환은 '남촌'이라는 이상향을 자신의 마음 속 깊숙이 설정해 놓고 그 미지(味知)의 세계에서 이루어지기를 기대하는 모든 희망을 상징적으로 묘사하고 있다. 여기서 남촌은 그가 꿈꾸는 망국의 설움을 끝낸 광복의 조국이라고 할 수 있다.

○　　**김동환** 1901년 함경북도 경성 출생 / 1921년 일본 도요 대학 영문과 입학 / 1925년 카프(KAPF)에 가담 / 1927년 조선일보사 기자 / 1929년 종합지 '삼천리' 발간 / 1950년 납북

조선(朝鮮)의 맥박(脈搏)

한밤에 불꺼진 재와 같이
나의 정열이 두 눈을 감고 잠잠할 때에,
나는 조선의 힘없는 맥박을 짚어 보노라.
나는 임의 모세관(毛細管), 그의 맥박이로다.

이윽고 새벽이 되어 환한 동녘 하늘 밑에서
나의 희망과 용기가 두 팔을 뽐낼 때면,
나는 조선의 소생된 긴 한숨을 듣노라.
나는 임의 기관(氣管)이요, 그의 숨결이로다.

그러나 보라, 이른 아침 길가에 오가는
튼튼한 젊은이들, 어린 학생들, 그들의
공 던지는 날랜 손발, 책보 낀 여생도의 힘있는 두 팔
그들의 빛나는 얼굴, 활기 있는 걸음걸이
아아, 이야말로 참으로 조선의 산 맥박이 아닌가.

무럭무럭 자라나는 갓난아이의 귀여운 두 볼.

젖 달라 외치는 그들의 우렁찬 울음.

작으나마 힘찬, 무엇을 잡으려는 그들의 손아귀.

해죽해죽 웃는 입술, 기쁨에 넘치는 또렷한 눈동자.

아아, 조선의 대동맥, 조선의 폐(肺)는 아가야 너에게만

있도다.

_'문예공론' 창간호. 1929. 5.

○　　　이 시는 암담한 일제 치하의 현실에서 해방될 미래 조국을 '젊
은이' '학생' '아이' 등에서 희망을 불어넣고자 하는 의미가 담겨 있다.

○　　　**양주동** 1903년 경기도 개성 출생 / 1918년 와세다 대학 졸업,
평양 숭실전문학교 교수 / 1929년 '문예공론' 발간 / 1954년 학술회 회원
/ 1977년 사망

산제비

남국에서 왔나,
북국에서 왔나,
산상(山上)에도 상상봉(上上峰),
더 오를 수 없는 곳에 깃들인 제비.

너희야말로 자유의 화신 같구나,
너희 몸을 붙들 자(者) 누구냐,
너희 몸에 알은체할 자 누구냐,
너희야말로 하늘이 네 것이요, 대지가 네 것 같구나.

녹두만한 눈알로 천하를 내려다보고,
주먹만한 네 몸으로 화살같이 하늘을 꿰어
마술사의 채찍같이 가로 세로 휘도는 산꼭대기 제비야
너희는 장하구나.

하루 아침, 하루 낮을 허덕이고 올라와

천하를 내려다보고 느끼는 나를 웃어 다오,

나는 차라리 너희들같이 나래라도 펴 보고 싶구나,

한숨에 내닫고 한숨에 솟치어

더 날을 수 없이 신비한 너희같이 돼 보고 싶구나.

창(槍)들을 꽂은 듯 희디흰 바위에 아침 붉은 햇발이 비

칠 때

너희는 그 꼭대기에 앉아 깃을 가다듬을 것이요,

산의 정기가 뭉게뭉게 피어 오를 때,

너희는 맘껏 마시고, 마음껏 휘정거리며 씻을 것이요,

원시림에서 흘러 나오는 세상의 비밀을 모조리 들을 것

이다.

멧돼지가 붉은 흙을 파헤칠 때

너희는 별에 날아 볼 생각을 할 것이요,

갈범이 배를 채우려 약한 짐승을 노리며 어슬렁거릴 때,

너희는 인간의 서글픈 소식을 전하는,

이 나라에서 저 나라로 알려 주는

천리조(千里鳥)일 것이다.

산제비야 날아라,
화살같이 날아라,
구름을 휘정거리고 안개를 헤쳐라.

땅이 거북 등같이 갈라졌다.
날아라 너희들은 날아라.

땅이 거북 등같이 갈라졌다.
날아라 너희들은 날아라,
그리하여 가난한 농민을 위하여

구름을 모아는 못 올까,
날아라 빙빙 가로 세로 솟치고 내닫고,
구름을 꼬리에 달고 오라.

산제비야 날아라,
화살같이 날아라,
구름을 헤치고 안개를 헤쳐라.

_'낭만'. 1936. 11.

떠나가는 배

나 두 야 간다
나의 이 젊은 나이를
눈물로야 보낼 거냐.
나 두 야 가련다.

아늑한 이 항군들 손쉽게야 버릴 거냐.
안개같이 물어린 눈에도 비치나니
골짜기마다 발에 익은 묏부리 모양
주름살도 눈에 익은 아아 사랑하는 사람들.

버리고 가는 이도 못 잊는 마음
쫓겨가는 마음인들 무어 다를 거냐.
돌바다 보는 구름에는 바람이 희살짓는다.
앞 대일 언덕인들 마련이나 있을 거냐.

나 두 야 가련다.
나의 이 젊은 나이를
눈물로야 보낼 거냐.
나 두 야 간다.

_'시문학' 창간호. 1930. 3.

○　　　이 시는 암울한 일제 치하의 현실에서 젊은이가 눈물로 보낼
수 없다는 의지를 담고 있는 것으로 해석된다. 고향과 정든 사람들을 떠
나보내는 심정을 빼앗긴 나라의 현실에 대한 울분으로 표현했다.

○　　　**박용철** 1907년 전라남도 광산 출생 / 1911년 광주 공립보통학
교 입학 / 1920년 배재학당 자퇴 / 1923년 동경 외국어학교 독문과 입학
/ 1930년 '시문학' 창간 / 1931년 '문예월간' 창간 / 1934년 '문학' 창간 /
1938년 사망

내 마음을 아실 이

내 마음을 아실 이
내 혼자 마음 말같이 아실 이
그래도 어디나 계실 것이면,

내 마음에 때때로 어리우는 티끌과
속임 없는 눈물의 간곡한 방울방울,
푸른 맘 고이 맺는 이슬 같은 보람을
보밴 듯 감추었다 내어 드리지.

향 맑은 옥돌에 불이 달아
사랑은 타기도 하오련만
불빛에 연긴 듯 희미론 마음은,
사랑도 모르리, 내 혼자 마음은.

_'시문학' 3호. 1931. 3.

모란이 피기까지는

모란이 피기까지는,

나는 아직 나의 봄을 기다리고 있을 테요.

모란이 뚝뚝 떨어져 버린 날

나는 비로소 봄을 여윈 설움에 잠길 테요.

오월 어느 날, 그 하루 무덥던 날,

떨어져 누운 꽃잎마저 시들어 버리고는

천지에 모란은 자취도 없어지고,

뻗쳐 오르던 내 보람 서운하게 무너졌느니,

모란이 지고 말면 그뿐, 내 한 해는 다 가고 말아,

삼백예순 날 하냥 섭섭해 우옵내다.

모란이 피기까지는,

나는 아직 기다리고 있을 테요, 찬란한 슬픔의 봄을.

_'문학' 3호. 1934. 4.

○   생전에 시인이 좋아했다는 모란을 소재로 아름다움이 소멸되는 아픔을 그리고 있는 시다. 여기서 모란은 다음 봄날에 다시 피어날 것이기에 여기서 아픔은 또 다른 희망을 나타내는 중의적 표현이라고도 할 수 있다.

○   **김영랑** 본명 김윤식 / 1903년 전라남도 강진 출생 / 1915년 강진 보통학교 졸업 / 1917년 휘문 의숙 입학 / 1919년 3.1운동 이후 옥고 / 1920년 일본 아오야마 학원 중학부 입학 / 1922년 일본 아오야마 학원 영문과 입학 / 1923년 관동대지진으로 귀국 / 1930년 '시문학' 동인 / 1949년 공보처 출판국장 / 1950년 사망

임께서 부르시면

가을날 노랗게 물들인 은행잎이
바람에 흔들려 휘날리듯이
그렇게 가오리다
임께서 부르시면….

호수에 안개 끼어 자욱한 밤에
말없이 재 넘는 초승달처럼
그렇게 가오리다
임께서 부르시면….

포근히 풀린 봄 하늘 아래
굽이굽이 하늘가에 흐르는 물처럼
그렇게 가오리다
임께서 부르시면….

파아란 하늘에 백로(白鷺)가 노래하고

이른 봄 잔디밭에 스머드는 햇볕처럼

그렇게 가오리다

임께서 부르시면….

_'동광' 24호. 1931. 8.

○   이 시는 목가적인 전원생활의 그리움을 담고 있는 작품이다.
전원시인으로 불리는 신석정은 이 시에서 자연의 순리에 따르고자 하는
마음을 표현한 것으로 풀이된다. 특히 '그렇게 가오리다 임께서 부르시
면…'와 같은 어조를 반복한 것은 부드러운 느낌의 여성적 어조로 자연
을 강조했다는 평가다.

그 먼 나라를 알으십니까

어머니
당신은 그 먼 나라를 알으십니까?

깊은 삼림 지대를 끼고 돌면
고요한 호수에 흰 물새 날고
좁은 들길에 들장미 열매 붉어
멀리 노루 새끼 마음놓고 뛰어다니는
아무도 살지 않는 그 먼 나라를 알으십니까?

그 나라에 가실 때에는 부디 잊지 마셔요.
나와 같이 그 나라에 가서 비둘기를 키웁시다.

어머니
당신은 그 먼 나라를 알으십니까?

산비탈 넌지시 타고 내려오면
양지밭에 흰 염소 한가히 풀 뜯고
길 솟는 옥수수밭에 해는 저물어 저물어,
먼 바다 물 소리 구슬피 들려 오는
아무도 살지 않는 그 먼 나라를 알으십니까?

어머니 부디 잊지 마셔요
그때 우리는 어린 양을 몰고 돌아옵시다

어머니
당신은 그 먼 나라를 알으십니까?

5월 하늘에 비둘기 멀리 날고
오늘처럼 촐촐히 비가 내리면
꿩 소리도 유난히 한가롭게 들리리다.
서리까마귀 높이 날아 산국화 더욱 곱고
노란 은행잎이 한들한들 푸른 하늘에 날리는
가을이면 어머니, 그 나라에서

양지밭 과수원에 꿀벌이 잉잉거릴 때,

나와 함께 그 새빨간 능금을 또옥 똑 따지 않으렵니까?

_'삼천리' 1932.

○   아름다움과 평화로 가득한 이상향을 그리고 있는 시다. 전원시
인 신석정의 초기 시세계의 특징을 잘 드러낸 것으로 평가받는다. 이 시
에서 현실의 '나'는 암울한 조국의 현실이고, '어머니'는 '구원의 이상향'
으로 해석된다. '빼앗긴 조국'의 현실에 대한 이상(해방)을 그린다고 볼
수 있다.

슬픈 구도(構圖)

나와
하늘과
하늘 아래 푸른 산뿐이로다.

꽃 한 송이 피어 낼 지구도 없고
새 한 마리 울어 줄 지구도 없고
노루 새끼 한 마리 뛰어다닐 지구도 없다.

나와
밤과
무수한 별뿐이로다.

밀리고 흐르는 게 밤뿐이요,
흘러도 흘러도 검은 밤뿐이로다.
내 마음 둘 곳은 어느 밤 하늘 별이드뇨.

_'조광' 1939. 10

향수(鄕愁)

넓은 벌 동쪽 끝으로
옛이야기 지즐대는 실개천이 휘돌아 나가고,
얼룩백이 황소가
해설피 금빛 게으른 울음을 우는 곳.

그곳이 참하 꿈엔들 잊힐리야.

질화로에 재가 식어지면,
비인 밭에 밤바람 소리 말을 달리고,
엷은 졸음에 겨운 늙으신 아버지가
짚베개를 돋워 고이시는 곳.

그곳이 참하 꿈엔들 잊힐리야.

흙에서 자란 내 마음
파아란 하늘빛이 그리워

함부로 쏜 화살을 찾으려
풀섶 이슬에 함초롬 휘적시던 곳.

그곳이 참하 꿈엔들 잊힐리야.

전설(傳說) 바다에 춤추는 밤물결 같은
검은 귀밑머리 날리는 어린 누이와
아무렇지도 않고 예쁠 것도 없는,
사철 발벗은 아내가
따가운 햇살을 등에 지고 이삭 줍던 곳.

그곳이 참하 꿈엔들 잊힐리야.

하늘에는 성긴 별
알 수도 없는 모래성으로 발을 옮기고,
서리까마귀 우지짖고 지나가는 초라한 지붕,
흐릿한 불빛에 돌아앉아 도란도란거리는 곳.

그곳이 참하 꿈엔들 잊힐리야.

_'조선지광' 1927. 3.

○　　　월북 작가들이 대규모 해금 조치가 단행된 1988년 이후 정지용의 대표작. 정지용은 한때 월북한 것으로 알려졌지만, 사실은 납북된 것이 밝혀졌다. 이 시는 한국 현대시의 효시로 여겨지며 대중가요로도 만들어져 널리 알려졌다. 낯선 타국에서 꿈에도 잊혀지지 않는 고향의 따스한 정경들을 노래한 시로 해석된다.

난초(蘭草)

난초닢은
차라리 수묵색(水墨色).

난초닢에
엷은 안개와 꿈이 오다.

난초닢은
별빛에 눈떳다 돌아눕다.

난초닙은
드러난 팔구비를 어쨔지 못한다.

난초닢에
적은 바람이 오다.

난초닢은
칩다.

_'신생' 1932. 1.

○   난초라는 동양적인 소재를 수묵화적인 분위기로 간결하게 그려 낸 시로 초기 모더니즘 작품의 대표작으로 꼽힌다. 난초잎에 스치는 작은 움직임을 날카롭게 포착한 시인의 시선이 높게 평가 받는 작품이다.

춘설(春雪)

문 열자 선뜻!
먼 산이 이마에 차라.

우수절(雨水節) 들어
바로 초하루 아침,

새삼스레 눈이 덮인 뫼부리와
서늘옵고 빛난 이마받이하다.

얼음 금 가고 바람 새로 따르거니
흰 옷고롬 절로 향기롭어라.

옹승거리고 살아난 양이
아아 꿈 같기에 설어라.

미나리 파릇한 새순 돋고
옴짓 아니 기던 고기 입이 오물거리는,

꽃피기 전 철 아닌 눈에
핫옷 벗고 도로 춥고 싶어라.

_'문장' 1939. 4.

○　　　"먼 산이 이마에 차라"와 같은 감각적인 표현 등 시어의 세련
된 구사를 보여주는 작품으로 평가 받는다. 이 시는 직설법이 아닌 시적
표현의 아름다움을 발휘하고 있다.

○　　　**정지용** 1903년 충청북도 옥천 출생 / 1929년 교토 도시샤 대
학 영문과 졸업 / 1930년 '시문학' 동인 / 1946년 조선 문학가 동맹 중앙
집행위원 / 1950년 납북

바다와 나비

아모도 그에게 수심(水深)을 일러 준 일이 없기에
흰 나비는 도모지 바다가 무섭지 않다.

청(靑)무우 밭인가 해서 나려갔다가는
어린 날개가 물결에 절어서
공주처럼 지쳐서 돌아온다.

삼월(三月) 달 바다가 꽃이 피지 않아서 서글픈
나비 허리에 새파란 초생달이 시리다.

○   김기림은 1930년대 중반 이후 모더니즘 문학의 이론적 기틀을
마련한 시인이다. 이 시는 푸른 바다의 이미지를 '~다'로 끝나는 간결한
문장으로 표현하면서 내용과 형식의 조화가 잘 이뤄진 것으로 평가 받
는다.

○   **김기림** 1908년 함경북도 학성 출생 / 1921년 서울 보성 고등
보통학교 중퇴 후 도일. 릿쿄 중학 편입 / 1926년 니혼 대학 문학예술과
입학 / 1930년 조선일보 기자 / 1933년 '구인회' 창립 / 1936년 도호구
제국대학 영문학과 입학 / 1945년 조선 문학가 동맹의 조직 활동 주도 /
1950년 6.25 때 납북

남(南)으로 창(窓)을 내겠소

남으로 창을 내겠소.
밭이 한참갈이

괭이로 파고
호미론 풀을 매지요.

구름이 꼬인다 갈 리 있소.
새 노래는 공으로 들으랴오.

강냉이가 익걸랑
함께 와 자셔도 좋소.

왜 사냐건
웃지요.

_'문학' 2호. 1934. 2

내 소녀(少女)

빈 가지에 바구니 걸어 놓고
내 소녀 어디 갔느뇨.

……

박사(薄紗)의 아지랑이
오늘도 가지 앞에 아른거린다.

_'시원' 4호. 1935. 8.

○　　　이 시는 '……'를 포함한 3연의 짧은 시로 '읽기' 보다 '보는' 시의 전형으로 평가된다. 떠난 소녀에 대한 그리움을 고운 아지랑이를 통해 표현했다.

○　　　**오일도** 본명 오희병 / 1901년 경상북도 영양 출생 / 1922년 경성 제일고등보통학교 졸업 / 1929년 릿교 대학 철학과 졸업 / 1946년 사망

꽃나무

벌판한복판에꽃나무하나가있소. 근처(近處)에는꽃나무가하나도없소. 꽃나무는제가생각하는꽃나무를열심(熱心)으로생각하는것처럼열심으로꽃을피워가지고섰소. 꽃나무는제가생각하는꽃나무에게갈수없소. 나는막달아났소. 한꽃나무를위하여그러는것처럼나는참그런이상스러운흉내를내었소.

_'가톨릭 청년'. 1933. 7.

○　　　이 시는 일상적 자아와 본래적 자아와의 단절을 표현한 작품으로 초현실주의적 기법을 원용한 것으로 해석된다.

거 울

거울속에는소리가없소
저렇게까지조용한세상은참없을것이오

거울속에도내게귀가있소
내말을못알아듣는딱한귀가두개나있소

거울속의나는왼손잡이오
내악수를받을줄모르는—악수를모르는왼손잡이오

거울때문에나는거울속의나를만져보지를못하는구료마는
거울이아니었던들내가어찌거울속의나를만나보기만이
라도했겠소

나는지금거울을안가졌소마는거울속에는늘거울속의내
가있소
잘은모르지만외로된사업(事業)에골몰할께요

거울속의나는참나와는반대(反對) 요마는

또꽤닮았소

나는거울속의나를근심하고진찰(診察) 할수없으니퍽섭

섭하오

○　　　이 시는 현실적 자아와 이상적 자아 사이의 갈등을 표현하고 있다. 즉 자의식의 세계를 표상하는 거울을 매개로 두 개의 '나'가 설정됐다. 일상적 자아는 '거울 밖의 나', 현실적 자아는 '거울 속의 나'로, 두 자아가 갈등하는 모습이다.

○　　　**이상** 본명 김해경 / 1910년 서울 출생 / 1929년 경성 고등공업학교 건축과 졸업 / 1934년 '구인회' 가입 / 1936년 동경 행 / 1937년 불령선인(不逞鮮人)으로 일본 경찰에 체포 / 1937년 4월 17일 동경 제국대학 부속병원에서 사망

설야(雪夜)

어느 먼 곳의 그리운 소식이기에
이 한밤 소리 없이 흩날리느뇨.

처마 끝에 호롱불 여위어 가며
서글픈 옛 자취인 양 흰 분이 내려

하이얀 입김 절로 가슴에 메어
마음 허공에 등불을 켜고
내 홀로 밤 깊어 뜰에 내리면

머언 곳에 여인의 옷 벗는 소리.

희미한 눈발
이는 어느 잃어진 추억의 조각이기에
싸늘한 추회(追悔) 이리 가쁘게 설레이느뇨.

한 줄기 빛도 향기도 없이

호올로 차단한 의상(衣裳)을 하고

흰 눈은 내려 내려서 쌓여

내 슬픔 그 위에 고이 서리다.

_'조선일보' 1938. 1.

○ 　　1938년 '조선일보' 신춘문예 당선작. "어느 먼 곳의 그리운 소식", "소리 없이 흩날림" 등의 시어는 시인의 그리움을 표현한 것으로 풀이된다. 지난 날 사랑했던 여인을 떠올리며 추억에 잠기는 것을 표현한 시어들이 빼어난 작품으로 평가된다.

와사등(瓦斯燈)

차단-한 등불이 하나 비인 하늘에 걸려 있다.
내 호올로 어딜 가라는 슬픈 신호냐.

긴-여름 해 황망히 날개를 접고
늘어선 고층, 창백한 묘석(墓石) 같이 황혼에 젖어
찬란한 야경(夜景) 무성한 잡초인 양 헝클어진 채
사념(思念) 벙어리 되어 입을 다물다.

피부의 바깥에 스미는 어둠
낯설은 거리의 아우성 소리
까닭도 없이 눈물겹구나.

공허한 군중의 행렬에 섞이어
내 어디서 그리 무거운 비애를 지고 왔기에
길-게 늘인 그림자 이다지 어두워

내 어디로 어떻게 가라는 슬픈 신호기

차단-한 등불이 하나 비인 하늘에 걸리어 있다.

_'조선일보'. 1938. 6. 3.

○　　　　김광균은 김기림, 정지용과 더불어 1930년대 모더니즘 시를 확산시킨 역할을 한 시인으로 평가된다. 이 시는 참신한 비유를 통한 독창적인 이미지를 창출해 보인 작품으로 평가받는다. 시각적 심상을 표현한 시어들이 주축이 된다.

추일서정(秋日抒情)

낙엽은 폴란드 망명 정부의 지폐
포화(砲火)에 이지러진
도룬 시(市)의 가을 하늘을 생각ㅎ게 한다.
길은 한 줄기 구겨진 넥타이처럼 풀어져
일광(日光)의 폭포 속으로 사라지고
조그만 담배 연기를 내뿜으며
새로 두시의 급행 열차가 들을 달린다.
포플라나무의 근골(筋骨) 사이로
공장의 지붕은 흰 이빨을 드러내인 채
한 가닥 구부러진 철책(鐵柵)이 바람에 나부끼고
그 위에 셀로판 지(紙)로 만든 구름이 하나.
자욱한 풀벌레 소리 발길로 차며
호올로 황량(荒涼)한 생각 버릴 곳 없어
허공에 띄우는 돌팔매 하나.
기울어진 풍경의 장막(帳幕) 저쪽에
고독한 반원(半圓)을 긋고 잠기어 간다.

_ '인문평론' 1940. 7.

달·포도·잎사귀

순이(順伊), 벌레 우는 고풍(古風)한 뜰에
달빛이 조수처럼 밀려 왔구나.

달은 나의 뜰에 고요히 앉아 있다.
달은 과일보다 향그럽다.

동해 바다 물처럼
푸른
가을
밤

포도는 달빛이 스며 곱다.
포도는 달빛을 머금고 익는다.

순이, 포도 넝쿨 아래 어린 잎새들이

달빛에 젖어 호젓하구나.

_'시건설' 창간호. 1936. 12.

○　　이 시는 농촌의 자연을 그림을 보는 듯한 이미지로 표현하고 있다. '순이'라는 여인의 이름이 전원풍의 시 전편을 섬세하고 부드러운 분위기로 만들어 준다.

○　　**장만영** 1914년 황해도 연백 출생 / 1932년 경성 제이고등보통학교 졸업 / 1966년 한국 시인 협회 회장 / 1977년 사망

고화병(古花甁)

고자기(古磁器) 항아리
눈물처럼 꾸부러진 어깨에
두 팔이 없다.

파랗게 얼었다.
늙은 간호부(看護婦)처럼
고적한 항아리

우둔(愚鈍) 한 입술로
계절에 이그러진 풀을 담뿍 물고
그 속엔 한 오 합(五 合) 남은 물이
푸른 산골을 꿈꾸고 있다.

떨어진 화판(花瓣)과 함께 깔린
푸른 황혼의 그림자가

거북 타신 모양을 하고
창 넘어 터덜터덜 물러갈 때

다시 한 번 내뿜는
담담(淡淡)한 향기.

_'가톨릭 청년' 1934. 2.

○   한국 모더니즘 계열의 대표 작품으로 꼽히는 시다. 꽃병이라는 평범한 한 대상이 시인으로부터 특별한 의미와 기품을 부여받으면서 하나의 생명체로 승화되고 있다.

○   **장서언** 1912년 서울 출생 / 1937년 연희 전문학교 문과 졸업 / 1948년 휘문고등학교 영어 교사 / 1971년 홍익공업전문학교 교수

사 슴

모가지가 길어서 슬픈 짐승이여.
언제나 점잖은 편 말이 없구나.
관(冠)이 향기로운 너는
무척 높은 족속이었나 보다.

물 속의 제 그림자를 들여다보고
잃었던 전설을 생각해 내고는
어찌할 수 없는 향수에
슬픈 모가지를 하고
먼 데 산을 쳐다본다.

_시집 '산호림' 1938.

○　　　현대시다운 시를 쓴 최초의 여류 시인, 가장 여성다운 시를 남긴 시인으로 꼽히는 노천명의 대표작이다. 이 시는 시인이 급변하는 세속의 흐름에 휩쓸리지 않고 내적으로 조용히 자신을 다스려 온 삶의 자세를 사슴에 비유하고 있다.

푸른 오월

청자(靑瓷) 빛 하늘이
육각정 탑 위에 그린 듯이 곱고,
연못 창포잎에
여인네 맵시 위에
감미로운 첫여름이 흐른다.

라일락 숲에
내 젊은 꿈이 나비처럼 앉은 정오(正午)
계절의 여왕 오월의 푸른 여신 앞에
내가 웬일로 무색하고 외롭구나.

밀물처럼 가슴 속으로 몰려드는 향수를
어찌하는 수 없이,
눈은 먼 데 하늘을 본다.

긴 담을 끼고 외딴길을 걸으며 걸으며,
생각이 무지개처럼 핀다.

풀 냄새가 물큰
향수보다 좋게 내 코를 스치고

청머루 순이 벋어 나오던 길섶
어디메선가 한나절 꿩이 울고
나는
활나물, 호납나물, 젓가락나물, 참나물을 찾던
잃어 버린 날이 그립지 아니한가, 나의 사람아.

아름다운 노래라도 부르자.
서러운 노래를 부르자.

보리밭 푸른 물결을 헤치며
종달새 모양 내 마음은
하늘 높이 솟는다.

오월의 창공이여!
나의 태양이여!

_ 시집 '산호림' 1938.

○　　　이 시는 여류 시인 특유의 감성으로 싱그럽고 화사한 계절을 경쾌한 시어와 함께 그리운 사람과의 추억을 회상한 것으로 풀이된다.

○　　　**노천명** 1912년 황해도 장연 출생 / 1930년 진명여자고등보통학교 졸업 / 1934년 이화 여자전문학교 영문과 졸업 / 1934년 조선중앙일보사 학예부 기자 / 1935년 '시원' 동인 / 1955년 이화여자대학 출판부 근무 / 1957년 사망

파 초

조국을 언제 떠났노.
파초의 꿈은 가련하다.

남국을 향한 불타는 향수(鄕愁),
너의 넋은 수녀보다도 더욱 외롭구나!

소낙비를 그리는 너는 정열의 여인,
나는 샘물을 길어 네 발등에 붓는다.

이제 밤이 차다.
나는 또 너를 내 머리맡에 있게 하마.

나는 즐겨 너를 위해 종이 되리니,
너의 그 드리운 치맛자락으로 우리의 겨울을 가리우자.

_'조광' 1936. 1.

○　　이 시는 망국(亡國)의 아픔을 안고 조국을 떠난 자신의 모습을 파초에 빗대어 표현하고 있다. 나라 잃은 설움과 조국에 대한 그리움에 대한 작품이다.

내 마음은

내 마음은 호수요,
그대 저어 오오.
나는 그대의 흰 그림자를 안고 옥같이
그대의 뱃전에 부서지리다.

내 마음은 촛불이오,
그대 저 문을 닫아 주오.
나는 그대의 비단옷 자락에 떨며, 고요히
최후의 한 방울도 남김 없이 타오리다.

내 마음은 나그네요.
그대 피리를 불어 주오.
나는 달 아래 귀를 기울이며, 호젓이
나의 밤을 새이오리다.

내 마음은 낙엽이오,

잠깐 그대의 뜰에 머무르게 하오.

이제 바람이 일면 나는 또 나그네같이, 외로이

그대를 떠나오리다.

_'조광' 1937. 6.

○   가곡으로도 널리 애창되고 있는 작품이다. 그리움과 애달픔 등 사랑에 대해 절절한 은유로 표현하고 있다.

○   **김동명** 1900년 강원도 명주군 출생 / 1920년 함흥 영생 중학 졸업 / 1945년 함흥 서호중학교 교장 / 1947년 이화여자대학교 교수 / 1960년 초대 참의회 의원 / 1966년 사망

그 날이 오면

그 날이 오면, 그 날이 오면은
삼각산이 일어나 더덩실 춤이라도 추고
한강물이 뒤집혀 용솟음칠 그 날이
이 목숨이 끊어지기 전에 와 주기만 하량이면
나는 밤 하늘에 나는 까마귀와 같이
종로의 인경을 머리로 들이받아 울리오리다.
두개골은 깨어져 산산 조각이 나도
기뻐서 죽사오매 오히려 무슨 한(恨)이 남으오리까.

그 날이 와서, 오오 그 날이 와서
육조(六曹) 앞 넓은 길을 울며 뛰며 딩굴어도
그래도 넘치는 기쁨에 가슴이 미어질 듯하거든
드는 칼로 이 몸의 가죽이라도 벗겨서
커다란 북을 만들어 들쳐메고는
여러분의 행렬에 앞장을 서오리다.
우렁찬 그 소리를 한 번이라도 듣기만 하면

그 자리에 거꾸러져도 눈을 감겠소이다.

_'그 날이 오면' 1949.

○   이 작품은 1932년 발행하려던 시집 및 수필집인 '그 날이 오면'
에 실렸다. '그 날이 오면'은 당시 일제 총독부의 검열에 걸려 작품의 반
이상이 삭제되는 바람에 발행이 중단됐다. 작가의 대표작 '상록수' 집필
3년 전이다. 결국 '그 날이 오면'은 시인의 사후 10년이 훨씬 지난 뒤 가
족들에 의해 발행됐다.

만가(輓歌)

궂은비 줄줄이 내리는 황혼의 거리를
우리들은 동지의 관을 메고 나간다.
수의(壽衣)도 명정(銘旌)도 세우지 못하고
수의조차 못 입힌 시체를 어깨에 얹고
엊그제 떠메어 내오던 옥문(獄門)을 지나
철벅철벅 말없이 무학재를 넘는다.

비는 퍼붓듯 쏟아지고 날은 더욱 저물어
가등(街燈)은 귀화(鬼火) 같이 껌벅이는데
동지들은 옷을 벗어 관 위에 덮는다.

평생을 헐벗던 알몸이 추울 상싶어
얇다란 널조각에 비가 새들지나 않을까 하여
단거리 옷을 벗어 겹겹이 덮어 준다.

(이하 6행 삭제)

동지들은 여전히 입술을 깨물고

고개를 숙인 채 저벅저벅 걸어간다.

친척도 애인도 따르는 이 없어도

저승길까지 지긋지긋 미행이 붙어서

조가(弔歌)도 부르지 못하는 산 송장들은

관을 메고 철벅철벅 무학재를 넘는다.

_'그 날이 오면' 1949.

○   총독부 검열로 삭제된 6행이 끝내 복원되지 못한 작품이다. 죽어서야 감옥을 나온 어느 애국 투사의 장례를 사실적으로 묘사한 작품으로 평가받는다.

○   **심훈** 본명 심대섭 / 1901년 서울 노량진 출생 / 1919년 경성제일고등보통학교 재학 중 3.1 운동에 참여 / 1922년 중국 지강 대학 극문학부 중퇴, 귀국 후 동아일보사 조선일보사 등 기자 / 1936년 사망

깃 발

이것은 소리 없는 아우성.

저 푸른 해원(海原)을 향하여 흔드는

영원한 노스텔지어의 손수건.

순정은 물결같이 바람에 나부끼고

오로지 맑고 곧은 이념의 푯대 끝에

애수(哀愁)는 백로처럼 날개를 펴다.

아! 누구인가?

이렇게 슬프고도 애닲은 마음을

맨 처음 공중에 달 줄을 안 그는.

_'조선문단' 1936. 1.

○　　　비유적 비교와 반어적 대조로 표현한 이 시는 9행의 단연으로 된 소품이다. 이 작품은 이상향에 도달하지 못하면서도 그것을 포기할 수 없는 인간의 고뇌를 그린 것으로 해석된다.

바 위

내 죽으면 한 개 바위가 되리라.

아예 애련(哀憐)에 물들지 않고

희노(喜怒)에 움직이지 않고

비와 바람에 깎이는 대로

억(億) 년 비정(非情)의 함묵(緘默)에

안으로 안으로만 채찍질하여

드디어 생명도 망각(忘却)하고

흐르는 구름

머언 원뢰(遠雷).

꿈꾸어도 노래하지 않고

두 쪽으로 깨뜨려져도

소리하지 않는 바위가 되리라.

_'삼천리' 1941. 1.

ㅇ　　　이 작품은 시인의 허무 극복 의지를 잘 드러낸 시로 평가받는
다. '바위'는 일체의 감정과 외부의 변화에도 움직이지 않는 초월의 경지
를 상징한다.

울릉도

동쪽 먼 심해선(深海線) 밖의

한 점 섬 울릉도로 갈거나.

금수(錦繡)로 굽이쳐 내리던

장백(長白)의 멧부리 방울 튀어,

애달픈 국토의 막내

너의 호젓한 모습이 되었으리니,

창망(蒼茫)한 물굽이에

금시에 지워질 듯 근심스레 떠 있기에

동해 쪽빛 바람에

항시 사념(思念)의 머리 곱게 씻기우고,

지나 새나 뭍으로 뭍으로만

행하는 그리운 마음에,

쉴 새 없이 출렁이는 풍랑 따라

밀리어 오는 듯도 하지만,

멀리 조국의 사직(社稷)의
어지러운 소식이 들려 올 적마다,
어린 마음 미칠 수 없음이
아아, 이렇게도 간절함이여!

동쪽 먼 심해선 밖의
한 점 섬 울릉도로 갈거나.

_시집 '울릉도' 1948.

○　　하나의 섬 '울릉도'를 통해 국토와 조국에 대한 깊은 사랑을 표현하고 있는 시다. 시인은 울릉도에 감정을 이입해 외로운 섬이 조국의 육지를 그리워하는 것을 상상해 그려낸 것으로 평가된다.

○　　**유치환** 청마 / 1908년 경상남도 충무 출생 / 1927년 연희 전문학교 문과에 입학 / 1931년 '문예월간'에 시 '정적'을 발표하며 등단 / 1947년 제1회 청년 문학가 협회 시인상 수상 / 1957년 한국 시인 협회 초대회장 / 1967년 사망

문둥이

해와 하늘빛이
문둥이는 서러워

보리밭에 달 뜨면
애기 하나 먹고

꽃처럼 붉은 울음을 밤새 울었다.

_'시인부락' 창간호. 1936. 11.

○　　　이 시는 5행의 짧은 구성이지만 '생명'이란 주제의 관심이 높은 시인은 초기 시 시계를 잘 보여주는 작품으로 평가받는다. 시인의 상상력으로 극한 상황의 인간이 건강한 삶을 바라는 생명의식이 드러나 있다.

귀촉도

눈물 아롱아롱
피리 불고 가신 님의 밟으신 길은
진달래꽃 비 오는 서역 삼만 리.
흰 옷깃 여며 여며 가옵신 님의
다시 오진 못하는 파촉(巴蜀) 삼만 리.

신이나 삼아줄걸, 슬픈 사연의
올올이 아로새긴 육날 메투리.
은장도 푸른 날로 이냥 베어서
부질없는 이 머리털 엮어 드릴 걸.

초롱에 불빛 지친 밤 하늘
굽이굽이 은하(銀河) tanf 목이 젖은 새.
차마 아니 솟는 가락 눈이 감겨서
제 피에 취한 새가 귀촉도 운다.
그대 하늘 끝 호올로 가신 님아.

_'춘추' 32호. 1943. 10.

○   '귀촉도'는 소쩍새 또는 접동새라고 불리는 새다. 이 시는 사별한 임을 향한 그리움과 슬픔을 귀촉도를 통해 표현한 것으로 해석된다.

국화 옆에서

한 송이의 국화꽃을 피우기 위해
봄부터 소쩍새는
그렇게 울었나 보다.

한 송이의 국화꽃을 피우기 위해
천둥은 먹구름 속에서
또 그렇게 울었나 보다.

그립고 아쉬움에 가슴 조이던
머언 먼 젊음의 뒤안길에서
인제는 돌아와 거울 앞에 선
내 누님같이 생긴 꽃이여.

노오란 네 꽃잎이 피려고
간밤엔 무서리가 저리 내리고
내게는 잠도 오지 않았나 보다.

_'경향신문' 1947. 11. 9

고독(孤獨)

내
하나의 생존자(生存者)로 태어나서 여기 누워 있나니

한 칸 무덤 그 너머는 무한한 기류(氣流)의 파동(波動)
도 있어
바다 깊은 그곳 어느 고요한 바위 아래

내
고단한 고기와도 같다.

맑은 정(情) 아름다운 꿈은 잠들다.
그립은 세계의 단편(斷片)은 아즐타.
오랜 세기(世紀)의 지층(知層)만이 나를 이끌고 있다.

신경(新經)도 없는 밤
시계(時計)야 기이(奇異)타.

너마저 자려무나.

_'시원' 2호. 1935. 4.

○　　일제의 압박에 굴하지 않고 자신을 지키며 창씨개명을 거부한 시인은 감옥에 갇힐 수 밖에 없었다. 식민지 시대 가장 양심적인 지식인의 한 사람으로 살아 낸 시인의 초기 대표작으로 꼽힌다.

동경(憧憬)

온갖 사화(詞華)들이
무언(無言)의 고야(孤兒)가 되어
꿈이 되고 슬픔이 되다.

무엇이 나를 불러서
바람에 따라가는 길
별조차 떨어진 밤

무거운 꿈 같은 어둠 속에
하나의 뚜렷한 형상(刑象)이
나의 만상(萬象)에 깃들이다.

_'조광' 1937. 6.

마 음

나의 마음은 고요한 물결
바람이 불어도 흔들리고
구름이 지나도 그림자 지는 곳

돌을 던지는 사람
고기를 낚는 사람
노래를 부르는 사람

이 물가 외로운 밤이면
별은 고요히 물 위에 나리고
숲은 말없이 잠드느니

행여 백조가 오는 날
이 물가 어지러울까
나는 밤마다 꿈을 덮노라

_'문장' 5호. 1939. 6

성북동 비둘기

성북동 산에 번지가 새로 생기면서

본래 살던 성북동 비둘기만이 번지가 없어졌다.

새벽부터 돌 깨는 산울림에 떨다가

가슴에 금이 갔다.

그래도 성북동 비둘기는

하느님의 광장 같은 새파란 아침 하늘에

성북동 주민에게 축복의 메시지나 전하듯

성북동 하늘을 한 바퀴 휘돈다.

성북동 메마른 골짜기에는

조용히 앉아 콩알 하나 찍어 먹을

널찍한 마당은커녕 가는 데마다

채석장 포성이 메아리쳐서

피난하듯 지붕에 올라앉아

아침 구공탄 연기에서 향수를 느끼다가

산 1번지 채석장에 도로 가서
금방 따낸 돌 온기에 입을 닦는다.

예전에는 사람들을 성자(聖者)처럼 보고
사람 가까이서
사람과 같이 사랑하고
사람과 같이 평화를 즐기던
사랑과 평화의 새 비둘기는
이제 산도 잃고 사람도 잃고
사랑과 평화의 사상까지
낳지 못하는 쫓기는 새가 되었다.

_'월간문학' 1968. 11

○ 1960년대 이후 급속히 진행된 산업화와 도시화로 황폐해진 자연과 소외된 사람들의 모습을 '성북동 비둘기'에 비유해 보여주고 있는 작품이다.

○ **김광섭** 1905년 함경북도 경성 출생 / 1924년 중동학교 졸업 / 1932년 와세다 대학 영문과 졸업 / 1945년 중앙 문화 협회 창립 / 1950년 '문학' 발간 / 1956년 '자유문학' 발간 / 1977년 사망

나 비

비바람 험살궂게 거쳐 간 추녀 밑──

날개 찢어진 늙은 호랑나비가

맨드라미 대가리를 물고 가슴을 앓는다.

찢긴 나래에 맥이 풀려

그리운 꽃밭을 찾아갈 수 없는 슬픔에

물고 있는 맨드라미조차 소태 맛이다.

자랑스러울손 화려한 춤 재주도

한 옛날의 꿈조각처럼 흐리어

늙은 무녀(舞女)처럼 나비는 한숨진다.

_'시문학' 3호. 1930. 5.

꽃잎 절구(絕句)

꽃잎이여 그대
디토아 피어
비바람에 뒤설레며
가는 가냘픈 살갗이여.

그대 눈길의
머언 여로(旅路)에
하늘과 구름
혼자 그리워
붉어져 가노니

저문 산 길가에 져
뒤둥글지라도
마냥 붉게 타다 가는
환한 목숨이여.

_'시문학' 11호. 1972. 6.

○   짧은 순간 동안 피어있는 아름다운 꽃의 존재를 인간 세계에 비유하고 있는 시다. 아름다운 꽃처럼 짧은 인생이라도 자기 삶에 충실해야 한다는 교훈을 준다.

○   **신석초** 본명 신응식 / 충청남도 서천군 한산면 출생 / 1931년 일본 호세이 대학 철학과 입학 / 1935년 ‘신조선’ 편집 / 1937년 서정주, 김광균, 이육사, 윤곤강 등과 ‘자오선’ 동인 / 1965년 한국 시인 협회 회장 / 1975년 사망

청포도

내 고장 칠월은
청포도가 익어 가는 시절.

이 마을 전설이 주저리주저리 열리고
먼 데 하늘이 꿈꾸며 알알이 들어와 박혀

하늘 밑 푸른 바다가 가슴을 열고
흰 돛 단 배가 곱게 밀려서 오면

내가 바라는 손님은 고달픈 몸으로
청포(靑袍)를 입고 찾아온다고 했으니,

내 그를 맞아, 이 포도를 따 먹으면
두 손은 함뿍 적셔도 좋으련.

아이야, 우리 식탁엔 은쟁반에

하이얀 모시 수건을 마련해 두렴.

_'문장' 7호. 1939. 8.

○ 저항시인으로 널리 알려진 시인의 다른 작품과 달리 서정성이 돋보이는 작품이다. '청포도'와 색채의 대조로 선명한 시적 분위기를 표현하고 있다.

절정(絕頂)

매운 계절의 채찍에 갈겨
마침내 북방으로 휩쓸려 오다.

하늘도 그만 지쳐 끝난 고원(高原)
서릿발 칼날진 그 위에 서다.

어디다 무릎을 꿇어야 하나
한발 재겨 디딜 곳조차 없다.

이러매 눈감아 생각해 볼밖에
겨울은 강철로 된 무지갠가 보다.

_'문장' 12호. 1940. 1.

시인의 지사혼(志士魂)을 대표하는 상징적 저항시로 평가받는 작품이다. 이 시는 일제에 의해 민족이 겪는 고통의 상황을 시인 자신이 겪는 절박한 비극으로 승화한 수작으로 평가받는다.

광야(曠野)

까마득한 날에
하늘이 처음 열리고
어디 닭 우는 소리 들렸으랴.

모든 산맥들이
바다를 연모(戀慕)해 휘달릴 때도
차마 이곳을 범(犯)하던 못하였으리라.

끊임없는 광음(光陰)을
부지런한 계절이 피어선 지고
큰 강물이 비로소 길을 열었다.

지금 눈 내리고
매화 향기 홀로 아득하니
내 여기 가난한 노래의 씨를 뿌려라.

다시 천고(千古)의 뒤에

백마 타고 오는 초인(超人)이 있어

이 광야에서 목놓아 부리게 하리라.

_시집 '육사 시집'. 1946.

○　　　일제 암흑기 윤동주와 함께 대표적 민족 시인이자 저항 시인으로 불리는 이육사는 활발한 문단 활동을 하면서 저항성과 상징성이 있으면서도 서정성이 풍부한 여러 작품을 남겼다. 이 역시 '광야'라는 서정적 자연을 배경으로 '백마 타고 오는 초인'을 민족 지사로 상징적으로 표현하고 있다.

○　　　**이육사**　본명 이원록 / 1904년 경상북도 안동 출생 / 1920년 예안 보문 의숙에서 수학 / 1925년 대구에서 의열단 가입 / 1927년 조선은행 대구 지점 폭파 사건에 연루돼 대구 형무소 투옥 / 1944년 북경의 감옥에서 사망

서시(序詩)

죽는 날까지 하늘을 우러러

한 점 부끄럼 없기를,

잎새에 이는 바람에도

나는 괴로워했다.

별을 노래하는 마음으로

모든 죽어 가는 것을 사랑해야지

그리고 나한테 주어진 길을 걸어가야겠다.

오늘 밤에도 별이 바람에 스치운다.

_유고 시집 '하늘과 바람과 별과 시'. 1948.

○ 이 작품은 해방 후 간행된 시인의 유고 시집 '하늘과 바람과 별과 시'의 처음을 여는 시인의 대표적 명시다.

별 헤는 밤

계절이 지나가는 하늘에는
가을로 가득 차 있습니다.

나는 아무 걱정도 없이
가을 속의 별들을 다 헤일 듯합니다.

가슴 속에 하나 둘 새겨지는 별을
이제 다 못 헤는 것은

쉬이 아침이 오는 까닭이요,
내일 밤이 남은 까닭이요,
아직 나의 청춘이 다하지 않은 까닭입니다.

별 하나에 추억과
별 하나에 사랑과

별 하나에 쓸쓸함과
별 하나에 동경(憧憬)과
별 하나에 시(詩)와
별 하나에 어머니, 어머니,

어머님, 나는 별 하나에 아름다운 말 한 마디씩 불러 봅니다. 소학교 때 책상을 같이 했던 아이들의 이름과, 패(佩), 경(鏡), 옥(玉) 이런 이국소녀(異國少女)들의 이름과, 가난한 이웃 사람들의 이름과, 비둘기, 강아지, 토끼, 노새, 노루, 프란시스 잼, 라이너 마리아 릴케, 이런 시인의 이름을 불러 봅니다.

이네들은 너무나 멀리 있습니다.
별이 아슬히 멀 듯이

어머님,
그리고 당신은 멀리 북간도(北間島)에 계십니다.

나는 무엇인지 그리워
이 많은 별빛이 내린 언덕 위에

내 이름자를 써 보고,
흙으로 덮어 버리었습니다.

딴은 밤을 새워 우는 벌레는
부끄러운 이름을 슬퍼하는 까닭입니다.

그러나, 겨울이 지나고 나의 별에도 봄이 오면,
무덤 위에 파란 잔디가 피어나듯이
내 이름자 묻힌 언덕 위에도
자랑처럼 풀이 무성할 게외다.

_유고 시집 '하늘과 바람과 별과 시'. 1948.

○   아름다운 이상에 대한 동경을 주제로 하고 있는 시인의 대표
작이다. 이 시는 가을하늘과 별과 북간도의 이국적인 풍경과 정서가 어
울려 망국의 설움과 민족적 비애를 애잔하게 표현하고 있다.

참회록(懺悔錄)

파란 녹이 낀 구리 거울 속에
내 얼굴이 남아 있는 것은
어느 왕조의 유물이기에
이다지도 욕될까.

나는 나의 참회의 글을 한 줄에 줄이자.
——만(滿) 이십사 년 일 개월을
　　무슨 기쁨을 바라 살아 왔던가.

내일이나 모레나 그 어느 즐거운 날에
나는 또 한 줄의 참회록을 써야 한다.
——그때 그 젊은 나이에
　　왜 그런 부끄런 고백을 했던가.

밤이면 밤마다 나의 거울을
손바닥으로 발바닥으로 닦아 보자.

그러면 어느 운석(隕石) 밑으로 홀로 걸어가는

슬픈 사람의 뒷모양이

거울 속에 나타나 온다.

_유고 시집 '하늘과 바람과 별과 시'. 1948.

○   '부끄러움의 미학'이라는 독특한 체계를 세운 시인의 1942년
작품으로 알려져 있다. 스물 네 살 청년 시절 순결 의식과 기독교적 참
회 정신이 담긴 것으로 풀이된다.

쉽게 쓰여진 시(詩)

창 밖에 밤비가 속살거려
육첩방(六疊房)은 남의 나라,

시인이란 슬픈 천명인 줄 알면서도
한 줄 시를 적어 볼까,

땀내와 사랑내 포근히 품긴
보내 주신 학비 봉투를 받아
대학 노트를 끼고
늙은 교수의 강의 들으러 간다.

생각해 보면 어린 때 동무들
하나, 둘, 죄다 잃어 버리고

나는 무얼 바라
나는 다만, 홀로 침전(沈澱)하는 것일까?

인생은 살기 어렵다는데
시가 이렇게 쉽게 씌어지는 것은
부끄러운 일이다.

육첩방(六疊房)은 남의 나라
창 밖에 밤비가 속살거리는데,

등불을 밝혀 어둠을 조금 내몰고,
시대처럼 올 아침을 기다리는 최후의 나,

나는 나에게 작은 손을 내밀어
눈물과 위안으로 잡는 최초의 악수.

_유고 시집 '하늘과 바람과 별과 시'. 1948.

○　　　시인이 일본 유학 중인 1942년 쓴 것으로 알려진 이 작품은 식
민 치하에서 자신의 역할에 대한 고민과 철저한 자기반성이 담긴 것으
로 풀이된다.

○　　　**윤동주**　1917년 북간도 명동촌 출생 / 1929년 사촌 형제이자
함께 학업한 송몽규 등과 문예지 '새 명동' 발간 / 1938년 연희 전문학교
문과 입학 / 1942년 릿쿄 대학 영문과 입학 후 같은 해 도시샤 대학 영문
과로 전학 / 1943년 송몽규와 독립운동 협의로 일본 경찰에 체포 / 1945
년 2월 16일 큐슈 후쿠오카 형무소에서 옥사

오랑캐꽃

——긴 세월을 오랑캐와의 싸흠에 살았다는 우리는 머언 조상들이 너를 불러 '오랑캐꽃'이라 했으니 어찌 보면 너의 뒷모양이 머리태를 드리인 오랑캐의 뒷머리와도 같은 까닭이라 전한다——

아낙도 우두머리도 돌볼 새 없이 갔단다
도리샘도 띠집도 버리고 강 건너로 쫓겨갔단다
고려 장군님 무지무지 쳐들어와
오랑캐는 가랑잎처럼 굴러 갔단다

구름이 모여 골짝골짝 구름이 흘러
백년이 몇백 년이 뒤를 이어 흘러갔나

너는 오랑캐의 피 한 방울 받지 않았건만
오랑캐꽃

너는 돌가마도 털메투리도 모르는 오랑캐꽃

두 팔로 햇빛을 막아 줄게

울어 보렴 목놓아 울어나 보렴 오랑캐꽃

_'인문평론' 1940. 10.

○　　　일제의 수탈로 고통 받다 이른바 오랑캐 땅으로 쫓겨나듯 옮겨간 유이민들의 삶을 상징적으로 그려냈다.

○　　　**이용악** 1914년 함경북도 경성 출생 / 1939년 동경 상지 대학 신문학과 졸업 / 1939년 귀국 후 '인문평론' 기자 / 1946년 조선 문학가 동맹에 가담 / 1950년 6.25때 월북

고향

나는 북관(北關)에 혼자 앓아 누워서
어느 아침 의원(醫員)을 뵈이었다
의원은 여래(如來) 같은 상을 하고 관공(關公)의 수염을
드리워서
먼 옛적 어느 나라 신선 같은데
새끼손톱 길게 돋은 손을 내어
묵묵하니 한참 맥을 집더니
문득 물어 고향이 어데냐 한다
평안도 정주라는 곳이라 한즉
그러면 아무개씨 고향이란다
그러면 아무개씰 아느냐 한즉
의원은 빙긋이 웃음을 띠고
막역지간이라며 수염을 쓴다
나는 아버지로 섬기는 이라 한즉
의원은 또 다시 넌지시 웃고

말없이 팔을 잡아 맥을 보는데
손길은 따스하고 부드러워
고향도 아버지도 아버지의 친구도 다 있었다

○　　　함경도 방언과 토속적인 표현을 사용해 고향의 정서를 현실감
있게 전달하고 있는 시다. 가족에 대한 그리움과 일제 강점기라는 시대
적 아픔 속에서 고향은 정신적 위안과 희망을 상징한 것으로 풀이된다.

○　　　**백석** 본명 백기행 / 1912년 평안북도 정주 출생 / 1929년 오산
고등보통학교 졸업, 동경 아오야마 학원 영문학 / 1934년 조선일보사 입
사 / 1942년 만주 안동 세관 근무 / 1945년 해방 후 북한에서 문학 활동

플라타너스

꿈을 아느냐 네게 물으면,
플라타너스
너의 머리는 어느덧 파아란 하늘에 젖어 있다.

너는 사모할 줄을 모르나
플라타너스
너는 네게 있는 것으로 그늘을 늘인다.

먼 길에 올 제,
홀로 되어 외로울 제,
플라타너스
너는 그 길을 나와 같이 걸었다.

이제 너의 뿌리 깊이
나의 영혼을 불어 넣고 가도 좋으련만,

플라타너스
나는 너와 함께 신(神)이 아니다!

수고로운 우리의 길이 다하는 어느 날
플라타너스
너를 맞아 줄 검은 흙이 먼 곳에 따로이 있느냐?
나는 오직 너를 지켜 네 이웃이 되고 싶을 뿐
그곳은 아름다운 별과 나의 사랑하는 창이 열린 길이
다.

_'문예' 1953. 6.

○   플라타너스라는 가로수를 '너'로 의인화 시킨 작품. 플라타너스 나무를 고독한 인생의 동반자로 삼아 꿈을 간직한 영원한 사랑의 대상으로 노래하고 있다. 간결한 시어의 구사, 운율의 리듬감으로 시적 감각을 살린 것으로 평가된다.

눈물

더러는
옥토(沃土)에 떨어지는 작은 생명이고저……

흠도 티도,
금가지 않은
나의 전체는 오직 이뿐!

더욱 값진 것으로
드리라 하올 제,

나의 가장 나아종 지닌 것도 오직 이뿐.

아름다운 나무의 꽃이 시듦을 보시고
열매를 맺게 하신 당신은
나의 웃음을 만드신 후에
새로이 나의 눈물을 지어 주시다.

_시집 '김현승 시초' 1957

○   사랑하는 어린 자식을 잃은 슬픔을 기독교적 신앙으로 극복하는 것을 담고 있는 작품이다. 시인은 꽃의 화려함보다 열매의 소중함을, 외적인 웃음보다 내적인 눈물에서 인생의 가치와 아름다움을 표현하고 있다.

가을의 기도

가을에는
기도하게 하소서……
낙엽들이 지는 때를 기다려 내게 주신
겸허한 모국어(母國語)로 나를 채우게 하소서.

가을에는
사랑하게 하소서……
오직 한 사람을 택하게 하소서
가장 아름다운 열매를 위하여 이 비옥한
시간을 가꾸게 하소서.

가을에는
호올로 있게 하소서……
나의 영혼,
굽이치는 바다와
백합(白合)의 골짜기를 지나

마른 나뭇가지 위에 다다른 까마귀같이.

_시집 '김현승 시초' 1957.

○　　　많은 것들이 생명을 마감하는 계절인 가을에 내적인 충실을 갈망하는 시인의 엄숙하고 경건한 마음이 나타나 있는 기도문 형식의 작품이다.

○　　　**김현승**　1913년 전라남도 광주 출생 / 1937년 숭실 전문학교 문과 3년 수료 / 1951년 조선대학교 문리대 교수 / 1960년 숭전대학교 문리대 교수 / 1975년 사망

주막(酒幕)에서

어디든 멀찌감치 통한다는
길 옆
주막

그
수없이 입술이 닿은
이빠진 낡은 사발에
나도 입술을 댄다.

흡사
정처럼 옮아오는
막걸리 맛

여기

대대로 슬픈 노정(路程)이 집산하고

알맞은 자리, 저만치

위엄 있는 송덕비(頌德碑) 위로

맵고도 쓴 시간이 흘러가고……

세월이여!

소금보다 짜다는

인생을 안주하여

주막을 나서면,

노을 비낀 길은

가없이 길고 가늘더라만,

내 입술이 닿은 그런 사발에

누가 또한 닿으랴

이런 무렵에.

_시집 '날개' 1956.

○　　　서민들이 막걸리를 마시며 삶의 애환을 나누는 모습을 그린 시. 주막을 통해 삶의 고달픔과 슬슬함을 노래하고 있다.

눈 오는 밤에

오누이들의
정다운 얘기에
어느 집 질화로엔
밤알이 토실토실 익겠다.

콩기름 불
실고추처럼 가늘게 피어나던 밤

파묻은 불씨를 헤쳐
잎담배를 피우며

"고놈, 눈동자가 초롱 같애."
내 머리를 쓰다듬어 주시던 할머니,
바깥엔 연방 눈이 내리고
오늘 밤처럼 눈이 내리고,

다만 이제 나 홀로
눈을 밟으며 간다.

오우버 자락에
구수한 할머니의 옛얘기를 싸고,
어린 시철의 그 눈을 밟으며 간다.

오누이들의
정다운 얘기에
어느 집 질화로엔
밤알이 토실토실 익겠다.

_'시원 산책' 1964.

○   어린 시절의 정겨운 추억을 회상하는 내용으로 향토적 서정성이 표현된 작품이다. 시인은 의도적으로 '질화로' '밤알' '잎담배' 등 정겨운 시어를 사용해 작품 분위기를 친근하게 만든 것으로 풀이된다.

○   **김용호** 1912년 경상남도 마산 출생 / 1928년 마산 상업고등학교 졸업 / 1941년 일본 메이지 대학 전문부 법과 졸업 / 1956년 자유문학상 수상 / 1958년 단국대학교 국문과 교수 / 1973년 사망

낡은 우물이 있는 풍경

능수버들이 지키고 섰는 낡은 우물가
우물 속에는 푸른 하늘 조각이 떨어져 있는 윤사월(閏
四月)

──아주머님
지금 울고 있는 저 뻐꾸기는 작년에 울던 그 놈일까요?
조용하신 당신은 박꽃처럼 웃으시면서

두레박을 넘쳐 흐르는 푸른 하늘만 길어 올리시네
두레박을 넘쳐 흐르는 푸른 전설만 길어 올리시네

언덕을 넘어 황소의 울음소리도 흘러오는데
──물동이에서도 아주머님 푸른 하늘이 넘쳐 흐르는
구려.

_'조선일보' 1937. 1.

풍장(風葬)

사구(砂丘) 위에서는
호궁(胡弓)을 뜯는
님프의 동화가 그립다.

계절풍이여
카라반의 방울 소리를
실어다 다오.

장송보(葬送譜)도 없이
나는 사구 위에서
풍장이 되는구나.

날마다 밤마다
나는 한 개의 실루엣으로
괴로워했다.

깨어진 오르갠이

묘연(杳然)한 요람(搖籃)의 노래를

부른다, 귀의 탓인지.

장송보도 없이

나는 사구 위에서

풍장이 되는구나.

그립은 사람아.

_'문장' 4호. 1939. 5.

○　　　시인이 의도적으로 서구적 느낌을 내기 위해 여러 외래어를 사용한 시로 평가된다.

낙타(駱駝)

눈을 감으면

어린 시절 선생님이 걸어오신다.
회초리를 들고서

선생님은 낙타처럼 늙으셨다.
늦은 봄 햇살을 등에 지고
낙타는 항시 추억한다.

──옛날에 옛날에──

낙타는 어린 시절 선생님처럼 늙었다.
나도 따뜻한 봄볕을 등에 지고
금잔디 위에서 낙타를 본다.

내가 여윈 동심의 옛이야기가

여기 저기
떨어져 있음직한 동물원의 오후.

_'문장' 7호. 1939. 8.

○   동물원의 낙타를 보던 시적 자아가 어린 시절 선생님을 떠올리며 동심을 그리워하고 있는 것을 표현했다.

○   **이한직** 1921년 전라북도 전주 출생 / 1939년 경성중학 졸업, 일본 게이오 대학 법학과에서 수학 / 1946년 종합지 '전망' 주재 / 1956년 '문학예술' 추천 담당 / 1960년 문공부 문정관으로 일본행 / 1976년 사망

나그네

강나루 건너서
밀밭 길을

구름에 달 가듯이
가는 나그네.

길은 외줄기
남도(南道) 삼백 리.

술 익는 마을마다
타는 저녁놀.

구름에 달 가듯이
가는 나그네.

_'상아탑' 5호. 1946. 4.

윤사월(閏四月)

송화(松花) 가루 날리는
외딴 봉우리.

윤사월 해 길다
꾀꼬리 울면

산지기 외딴 집
눈먼 처녀사

문설주에 귀 대고
엿듣고 있다.

_'상아탑' 6호. 1946. 5.

○　　　세련된 시어를 사용해 순수한 산수의 정경과 인간 본연의 애수를 노래한 민요풍 서정시로 평가된다.

청(靑)노루

머언 산(山) 청운사(靑雲寺)
낡은 기와집

산은 자하산(紫霞山)
봄눈 녹으면

느릅나무
속잎 피어 가는 열두 굽이를

청(靑)노루
맑은 눈에

도는
구름.

_'청록집' 1946.

해

해야 솟아라. 해야 솟아라. 말갛게 씻은 얼굴 고운 해야 솟아라.
산 너머 산 너머서 어둠을 살라 먹고, 산 너머서 밤새도록 어둠을 살라 먹고, 이글이글 앳된 얼굴 고운 해야 솟아라.

달밤이 싫여, 달밤이 싫여, 눈물 같은 골짜기에 달밤이 싫여, 아무도 없는 뜰에 달밤이 나는 싫여……

해야, 고운 해야, 늬가 오면 늬가사 오면, 나는 나는 청산이 좋아라. 훨훨훨 깃을 치는 청산이 좋아라. 청산이 있으면 홀로래도 좋아라.

사슴을 따라, 사슴을 따라, 양지로 양지로 사슴을 따라, 사슴을 만나면 사슴과 놀고,

칡범을 따라 칡범을 따라, 칡범을 만나면 칡범과 놀
고……

해야, 고운 해야, 해야 솟아라. 꿈이 아니라도 너를 만
나면, 꽃도 새도 짐승도 한자리에 앉아, 워어이 워어이
모두 불러 한자리에 앉아, 앳되고 고운 날을 누려 보리
라.

_'상아탑' 6호. 1946. 5.

○　　　시인의 첫 시집 '해'의 표제가 된 작품. 이 작품은 8.15 해방이
라는 기쁨을 '해'를 통해 표현하면서 어둠이 걷히고 새 역사가 쓰여질 민
족의 미래에 대한 기대를 담고 있다.

도봉(道峰)

산새도 날아와
우짖지 않고,

구름도 떠 가곤
오지 않는다.

인적 끊인 곳
홀로 앉은
가을 산의 어스름.

호오이 호오이 소리 높여
나는 누구도 없이 불러 보나,

울림은 헛되이
빈 골 골을 되돌아올 뿐.

산그늘 길게 늘이며
붉게 해는 넘어가고,

황혼과 함께
이어 별과 밤은 오리니,

삶은 오직 갈수록 쓸쓸하고,
사랑은 한갓 괴로울 뿐.

그대 위하여 나도 이제도,
이 긴 밤과 슬픔을 갖거니와,

이 밤을 그대는, 나도 모르는
어느 마을에서 쉬느뇨?

_'청록집' 1946.

○　　시인의 시 대부분이 밝은 어조와 희망을 노래한 것과 달리, 이 시는 일제 말기 암담한 현실에서 괴로움을 토로하고 있다.

하 늘

하늘이 내게로 온다
여릿여릿
머얼리서 온다.

하늘은, 머얼리서 오는 하늘은
호수처럼 푸르다.

호수처럼 푸른 하늘에
내가 안긴다. 온 몸이 안긴다.

가슴으로, 가슴으로
스미어드는 하늘
향기로운 하늘의 호흡.

따가운 볕,

초가을 햇볕으로
목을 씻고,

나는 하늘을 마신다
자꾸 목말라 마신다.

마시는 하늘에
내가 익는다
능금처럼 마음이 익는다.

_시집 '해' 1949.

○   푸른 초가을 맑은 하늘을 바라보면서 느끼는 기쁨의 마음과 자연과 하나 되는 경지를 정제된 언어로 나타낸 작품이다.

○   **박두진** 1916년 경기도 안성 출생 / 1940년 '문장'에 '들국화' 등을 발표하며 등단 / 1946년 조선 청년 문학가 협회 결성에 참여 / 1949년 한국 문학가 협회 결성에 참여 / 1956년 제4회 아시아 자유문학상 수상 / 1984년 연세대학교 교수로 정년 퇴임 / 1984년 '박두진 전집' 간행

승무(僧舞)

얇은 사(紗) 하이얀 고깔은
고이 접어서 나빌레라.

파르라니 깎은 머리
박사(薄紗) 고깔에 감추오고,

두 볼에 흐르는 빛이
정작으로 고와서 서러워라.

빈 대(臺)에 황촉불이 말없이 녹는 밤에
오동잎 잎새마다 달이 지는데,

소매는 길어서 하늘은 넓고,
돌아설 듯 날아가며 사뿐이 접어 올린 외씨보선이여!

까만 눈동자 살포시 들어
먼 하늘 한 개 별빛에 모두오고,

복사꽃 고운 뺨에 아롱질 듯 두 방울이야
세사(世事)에 시달려도 번뇌(煩惱)는 별빛이라.

휘어져 감기우고 다시 접어 뻗는 손이
깊은 마음 속 거룩한 합장인 양하고,

이 밤사 귀또리도 지새우는 삼경(三更)인데,
얇은사 하이얀 고깔은 고이 접어서 나빌레라.

_'문장' 11호. 1939. 12.

○　　　시인의 초기 대표작이자 한국 현대시를 대표하는 명시로 꼽힌
다. 삶의 번뇌를 '승무'로 극복하는 종교적 의미를 담고 있다. 실제 눈으
로 보는 듯, 세밀한 언어적 묘사가 돋보이는 시다.

완화삼(玩花衫)
―목월(木月)에게―

차운산 바위 위에 하늘은 멀어
산새가 구슬피 울음 운다.

구름 흘러가는
물길은 칠백 리

나그네 긴 소매 꽃잎에 젖어
술 익는 강마을의 저녁 노을이여.

이 밤 자면 저 마을에
꽃은 지리라.

다정하고 한많음도 병인 양하여
달빛 아래 고요히 흔들리며 가노니….

_'상아탑' 5호. 1946. 4.

○   박목월의 시 '나그네'의 모티브가 된 작품이다. '완화삼'은 '꽃을 보고 즐기는 선비'를 뜻한다.

민들레꽃

까닭없이 외로울 때는
노오란 민들레꽃 한 송이도
애처롭게 그리워지는데

아, 얼마나 한 위로이랴
소리쳐 부를 수도 없는 이 아득한 거리에
그대 조용히 나를 찾아오느니

사랑한다는 말 이 한마디는
내 이 세상 온전히 떠난 뒤에 남을 것

잊어 버린다. 못 잊어 차라리 병이 되어도
아 얼마나 한 위로이랴

그대 맑은 눈을 들어 나를 보느니.

_시집 '풀잎 단장' 1952.

○   해방 직후 좌우 이념 대립이 극심한 시대 상황에서 순수 문학을 강조했던 시인의 서정성이 잘 반영된 작품으로 평가된다. 노란 민들레꽃 한 송이를 그리운 임으로 생각하고 애틋한 사람의 심경을 독백조로 표현한 시다.

○   **조지훈** 본명 조동탁 / 1920년 경상북도 영양군 출생 / 1939년 '문장'에 '고풍의상' '승무' 등을 발표하며 등단 / 1941년 혜화 전문학교 문과 졸업 / 1946년 조선 청년 문학가 협회 가입 / 1968년 한국 시인 협회 회장 / 1968년 사망

밤 길

개구리 울음만 들리던 마을에
굵은 빗방울 성큼성큼 내리는 밤……

머얼리 산턱에 등불 둘 셋 외롭고나.

이윽고 홀딱 지나간 번갯불에
능수버들이 선 개천가를 달리는 사나이가 어렸다.

논둑이라도 끊어져 달려가는 길이나 아닐까.

번갯불이 스러지자
마을은 비 내리는 속에 개구리 울음만 들었다.

_'문장' 12호. 1940. 1

○   작품 전편에 깔려있는 무겁고 어두운 분위기로 일제 치하에서 암울한 농촌 모습을 표현한 시다.

종소리

나는 떠난다. 청동(靑銅)의 표면에서
일제히 날아가는 진폭(振幅)의 새가 되어
광막한 하나의 울음이 되어
하나의 소리가 되어.

인종(忍從)은 끝이 났는가.
청동의 벽에
'역사'를 가두어 놓은
칠흑의 감방에서.

나는 바람을 타고
들에서는 푸름이 된다.
꽃에서는 웃음이 되고
천상에서는 악기가 된다.

먹구름이 깔리면

하늘의 꼭지에서 터지는

뇌성(雷聲)이 되어

가루 가루 가루의 음향이 된다.

_시집 '새의 암장' 1970.

○   시인의 후기 대표작으로 꼽히는 작품. 관념의 대상인 '종'을 가시적인 대상으로 형상화해 자유에 대한 갈망을 그린 것으로 해석된다.

○   **박남수** 1918년 평안남도 평양 출생 / 1941년 숭실 상업학교를 거쳐 일본 츄오 대학에서 수학 / 1957년 한국 시인협회 창립 / 1959년 '사상계' 편집위원 / 1973년 한양대학교 문리대 강사

목마와 숙녀

한 잔의 술을 마시고
우리는 버지니아 울프의 생애와
목마를 타고 떠난 숙녀의 옷자락을 이야기한다.
목마는 주인을 버리고 거저 방울 소리만 울리며
가을 속으로 떠났다. 술병에서 별이 떨어진다.
상심한 별은 내 가슴에 가벼웁게 부서진다.
그러한 잠시 내가 알던 소녀는
정원의 초목 옆에서 자라고
문학이 죽고 인생이 죽고
사랑의 진리마저 애증의 그림자를 버릴 때
목마를 탄 사랑의 사람은 보이지 않는다.
세월은 가고 오는 것
한때는 고립을 피하여 시들어 가고
이제 우리는 작별하여야 한다.
술병이 바람에 쓰러지는 소리를 들으며

늙은 여류작가의 눈을 바라다보아야 한다.

……등대에……

불이 보이지 않아도

그저 간직한 페시미즘의 미래를 위하여

우리는 처량한 목마 소리를 기억하여야 한다.

모든 것이 떠나든 죽든

그저 가슴에 남은 희미한 의식을 붙잡고

우리는 버지니아 울프의 서러운 이야기를 들어야 한다.

두 개의 바위 틈을 지나 청춘을 찾는 뱀과 같이

눈을 뜨고 한 잔의 술을 마셔야 한다.

인생은 외롭지도 않고

그저 잡지의 표지처럼 통속하거늘

한탄할 그 무엇이 무서워서 우리는 떠나는 것일까.

목마는 하늘에 있고

방울 소리는 귓전에 철렁거리는데

가을 바람 소리는

내 쓰러진 술병 속에서 목메어 우는데

_'시작' 1955. 10.

○　　　이 시는 초현실주의적 방법인 우연성에 의한 시어를 자유 분
방하게 표현하고 있다. 이러한 언어 감각을 통해 시인은 이 시를 느낌의
분위기로 읽게 했다. 허무적이고 감상적인 느낌을 전달하고 있다.

세월이 가면

지금 그 사람 이름은 잊었지만
그 눈동자 입술은
내 가슴에 있네.

바람이 불고
비가 올 때도
나는
저 유리창 밖 가로등
그늘의 밤을 잊지 못하지.

사랑은 가고 옛날은 남는 것
여름날의 호숫가 가을의 공원
그 벤취 위에
나뭇잎은 떨어지고
나뭇잎은 흙이 되고

나뭇잎에 덮여서
우리들 사랑이
사라진다 해도

지금 그 사람 이름은 잊었지만
그 눈동자 입술은
내 가슴에 있네.
내 서늘한 가슴에 있네.

_'박인환 시 선집' 1955

○　　　낭만 시의 정수로 평가 받는 시다. 31세 젊은 나이에 요절한 시인이 불안한 시대를 보내면서 낭만적 시어로 정신적 위안을 받고 싶어 했을 것이란 평이 있다.

○　　　**박인환** 1926년 강원도 인제 출생 / 1944년 평양 의학전문학교 입학 / 1946년 '국제신보'에 시 '거리'를 발표하며 등단 / 1955년 '박인환 시 선집' 발간 / 1956년 사망

눈

눈은 살아 있다.
떨어진 눈은 살아 있다.
마당 위에 떨어진 눈은 살아 있다.

기침을 하자.
젊은 시인이여 기침을 하자.
눈 위에 대고 기침을 하자.
눈더러 보라고 마음놓고 마음놓고
기침을 하자.

눈은 살아 있다.
죽음을 잊어 버린 영혼과 육체를 위하여
눈은 새벽이 지나도록 살아 있다.

기침을 하자.
젊은 시인이여 기침을 하자.

눈을 바라보며

밤새도록 고인 가슴의 가래라도

마음껏 뱉자.

_'문학예술' 1957. 4.

○   눈을 소재로 한 이 시는 '눈을 순수한 생명'으로 '기침과 가래를 불순한 일상'으로 대립해 현실을 비판하고 있다.

풀

풀이 눕는다.
비를 몰아 오는 동풍에 나부껴
풀은 눕고
드디어 울었다.
날이 흐려서 더 울다가
다시 누웠다.

풀이 눕는다.
바람보다도 더 빨리 눕는다.
바람보다도 더 빨리 울고
바람보다 먼저 일어난다.

날이 흐리고 풀이 눕는다.
발목까지
발밑까지 눕는다.
바람보다 늦게 누워도

바람보다 먼저 일어나고
바람보다 늦게 울어도
바람보다 먼저 웃는다.
날이 흐리고 풀뿌리가 눕는다.

_'창작과 비평' 1968. 가을호

○   1968년 5월 시인이 사고로 타개하기 직전 쓴 작품으로 발표는
사후에 됐다. 1960년대 민중문학의 대표적 걸작으로 꼽히는 이 시의 '풀'
은 질긴 생명력을 가진 민중을, '바람'은 풀을 억압하는 권력을 상징하는
것으로 풀이된다.

○   **김수영** 1921년 서울 종로구 출생 / 1941년 선린상업학교 졸업,
동경 상과대학 중퇴 / 1958년 제1회 한국 시인협회상 수상 / 1968년 사
망 / 1981년 김수영 문학상 제정

파랑새

나는
나는
죽어서
파랑새가 되어

푸른 하늘
푸른 들
날아다니며

푸른 노래
푸른 울음
울어 예으리

나는
나는
죽어서

파랑새가 되리

_시집 '한하운 시초' 1949.

○　　나병으로 고통을 겪었던 시인이 자유로운 삶에 대한 갈망을 노래하고 있는 시다. 시인은 소록도 나환자 수용소에서 고독과 절망감으로 괴로워했던 것으로 전해진다.

○　　**한하운** 본명 한태영 / 1920년 함경남도 함주 출생 / 1943년 중국 북경대학 농학원 졸업 / 1944년 함경남도 도청 축산과 근무, 이듬해 나병으로 사퇴 / 1949년 시집 '한하운 시초' 발간 / 1975년 사망

꽃

내가 그의 이름을 불러주기 전에는
그는 다만
하나의 몸짓에 지나지 않았다.

내가 그의 이름을 불러 주었을 때
그는 나에게로 와서
꽃이 되었다.

내가 그의 이름을 불러 준 것처럼
나의 이 빛깔과 향기에 알맞은
누가 나의 이름을 불러 다오.
그에게로 가서 나도
그의 꽃이 되고 싶다.

우리들은 모두
무엇이 되고 싶다.

나는 너에게 너는 나에게
잊혀지지 않는 하나의 의미가 되고 싶다.

_'현대문학' 1955. 9

○   존재에 대해 탐구하는 시인으로 불리는 김춘수의 대표작. 처음
에는 나와 무의미한 관계였던 꽃이 이름을 불러주면서 의미 있는 존재
가 됐음을 표현하고 있다.

꽃을 위한 서시

나는 시방 위험한 짐승이다.
나의 손이 닿으면 너는
미지의 까마득한 어둠이 된다.

존재의 흔들리는 가지 끝에서
너의 이름도 없이
피었다 진다.

눈시울에 젖어드는 이 무명의 어둠에
추억의 한 접시 불을 밝히고
나는 한밤내 운다.

나의 울음은 차츰 아닌밤 돌개바람이 되어
탑을 흔들다가
돌에까지 스미면 금이 될 것이다.

……얼굴을 가리운 나의 신부여.

_'문학예술' 1957. 7.

○　　시인의 대표작 '꽃'과 의미가 연결되는 시다. 존재의 본질을 탐색하는 철학적 시로 인식의 주체와 대상의 관계를 탐구한 것으로 풀이된다.

○　　**김춘수** 1922년 경상남도 충무 출생 / 1942년 니혼대학교 중퇴 / 1958년 제2회 한국 시인협회상 수상 / 1982년 경북대학교 문학 명예 박사, '김춘수 전집' 발간 / 1986년 한국시인협회 회장 / 2004년 사망

겨울 바다

겨울 바다에 가 보았지
미지(未知)의 새,
보고 싶던 새들은 죽고 없었네.

그대 생각을 했건만도
매운 해풍(海風)에
그 진실마저 눈물져 얼어 버리고

허무(虛無)의
불
물 이랑 위에 불붙어 있었네.

나를 가르치는 건
언제나
시간…….

끄덕이며 끄덕이며 겨울 바다에 섰었네.

남은 날은
적지만

기도를 끝낸 다음
더욱 뜨거운 기도의 문이 열리는
그런 영혼을 갖게 하소서.

남은 날은
적지만

겨울 바다에 가 보았지.
인고(忍苦)의 물이
수심(水深) 속에 기둥을 이루고 있었네.

_시집 '겨울 바다' 1967.

　　ㅇ　　'겨울 바다'가 주는 암울한 절망감과 허무 의식을 극복하고 신념화된 삶의 의지를 그린 작품으로 해석된다. 인간의 고뇌를 종교적 차원으로 극복하며 긍정적 삶의 윤리관을 제시하는 것으로 평가받는 시인의 대표작이다.

　　ㅇ　　**김남조**　1927년 경상북도 대구 출생, 서울대학교 사범대학 국어교육과 졸업 / 1950년 '연합신문'에 시 '성숙' '잔상' 등을 발표하며 등단 / 1953년 시집 '목숨' 발간 /1986년 자유 문인 협회상, 서울시 문화상 등 수상

성탄제(聖誕祭)

어두운 방 안엔
바알간 숯불이 피고,

외로이 늙으신 할머니가
애처로이 잦아 가는 어린 목숨을 지키고 계시었다.

이윽고 눈 속을
아버지가 약(藥)을 가지고 돌아오시었다.

아, 아버지가 눈을 헤치고 따 오신
그 붉은 산수유(山茱萸) 열매——

나는 한 마리 어린 짐승,
젊은 아버지의 서늘한 옷자락에
열(熱)로 상기한 볼을 말없이 부비는 것이었다.

이따금 뒷문을 눈이 치고 있었다.
그 날 밤이 어쩌면 성탄제의 밤이었을지도 모른다.

어느 새 나도
그때의 아버지만큼 나이를 먹었다.

옛것이란 거의 찾아볼 길 없는
성탄제 가까운 도시에는
이제 반가운 그 옛날의 것이 내리는데

서러운 서른 살 나의 이마에
불현듯 아버지의 서느런 옷자락을 느끼는 것은,

눈 속에 따오신 산수유 붉은 알알이
아직도 내 혈액 속에 녹아 흐르는 까닭일까.

_시집 '성탄제' 1969

○   일상생활의 소재를 감상에 젖거나 혼돈스럽지 않게 간결한 시
어로 표현한 시인의 대표작이다.

○   **김종길** 1926년 경상북도 안동 출생 / 1955년 '현대문학'에 시
'성탄제'를 발표하며 등단 / 1986년 '김종길 시 전집' 발간

밤 바다에서

누님의 치맛살 곁에 앉아
누님의 슬픔을 나누지 못하는 심심한 때는
골목을 빠져나와 바닷가에 서자.

비로소 가슴 울렁이고
눈에 눈물어리어
차라리 저 달빛 받아 반짝이는 밤 바다의 진정할 수 없
는
괴로운 꽃비늘을 닮아야 하리.
천하에 많은 할말이, 천상의 많은 별들의 반짝임처럼
바다의 밤 물결 되어 찬란해야 하리.
아니 아파야 아파야 하리.

이윽고 누님은 섬이 떠 있듯이
그렇게 잠들리.

그때 나는 섬가에 부딪치는 물결처럼 누님의 치맛살에
얼굴을 묻고
가늘고 먼 울음을 울음을,
울음 울리라.

_'현대문학' 1957. 3.

○   한(恨)의 서정을 애잔한 가락과 섬세한 언어로 노래함으로써 한국시의 전통적 서정을 가장 가까이 계승한 시인으로 평가받는 시인의 대표작.

○   **박재삼** 1933년 일본 동경 출생, 고려대학교 중퇴 / 1956년 제2회 '현대문학' 신인상 수상 / 1962년 시집 '춘향이 마음' 발간

강강술래

여울에 몰린 은어(銀魚) 떼.

삐비꽃 손들이 둘레를 짜면
달무리가 비잉빙 돈다.

가아웅 가아웅 수우워얼래애
목을 빼면 설움이 솟고……

백장미(白薔薇) 밭에
공작(孔雀)이 취했다.

뛰자 뛰자 뛰어나 보자
강강술래.

뉘누리에 테프가 감긴다.
열두 발 상모가 마구 돈다.

달빛이 배이면 술보다 독한 것.

기폭(旗幅)이 찢어진다.
갈대가 스러진다.

강강술래.
강강술래.

_시집 '강강술래' 1955.

○　　'강강술래'를 소재로 시각적 회화성과 청각적 시각성을 배합한 구성으로 삶의 애환과 민족적 고전미를 담고 있는 작품이다.

○　　**이동주**　1920년 전라남도 해남 출생, 혜화 전문학교 중퇴 / 1950년 '문예'지에 '황혼' '새댁' 등을 추천되며 등단 / 1952년 전남 문화상 수상 / 1955년 시집 '강강술래' 발간 / 1960년 한국 문인협회상 수상 / 1979년 사망

피아노

피아노에 앉은
여자의 두 손에는
끊임없이
열 마리씩
스무 마리씩
신선한 물고기가
튀는 빛의 꼬리를 물고
쏟아진다.

나는 바다로 가서
가장 신나게 시퍼런
파도의 칼날 하나를
집어 들었다.

_시집 '전봉건 시선' 1985.

의 자

지금 어드메쯤
아침을 몰고 오는 분이 계시옵니다.
그 분을 위하여
묵은 이 의자를 비워 드리지요.

지금 어드메쯤
아침을 몰고 오는 어린 분이 계시옵니다.
그 분을 위하여
묵은 의자를 비워 드리겠어요.

먼 옛날 어느 분이
내게 물려주듯이.

지금 어드메쯤
아침을 몰고 오는 어린 분이 계시옵니다.
그 분을 위하여

묵은 의자를 비워 드리겠습니다.

_시집 '시간의 숙소를 더듬어서' 1964.

○   시인의 대표 연작시 '의자' 10편 중 7번째 작품. 인간의 역사는 새로운 것의 등장과 낡은 것의 퇴장이 반복된다는 의미를 의자라는 상징으로 그려낸 것으로 해석된다.

○   **조병화**   1921년 경기도 안성 출생, 동경 고등사범학교 수학 / 1949년 시집 '버리고 싶은 유산'을 발간하며 등단 / 1960년 아시아 자유문학상 수상 / 1974년 한국 시인협회상 수상 / 1985년 대한민국 예술원상 수상 / 2003년 사망

봄 비

이 비 그치면
내 마음 강나루 긴 언덕에
서러운 풀빛이 짙어 오것다.

푸르른 보리밭 길
맑은 하늘에
종달새만 무어라고 지껄이것다.

이 비 그치면
시새워 벙글어질 고운 꽃밭 속
처녀애들 짝하여 새로이 서고,

임 앞에 타오르는
향연(香煙)과 같이
땅에선 또 아지랭이 타오르것다.

_시집 '봄비'. 1969년.

○   봄비가 그친 후 자연의 여러 변화와 정경을 민요조로 표현한
작품이다. 전통적인 한(恨)의 정서로 세상을 먼저 떠난 임에 대한 그리움
을 담고 있다.

○   **이수복** 1924년 전라남도 함평 출생, 조선대학교 국문과 졸업
/ 1957년 제3회 '현대문학' 신인문학상 수상 / 1969년 시집 '봄비' 발간 /
1986년 사망

고지(高地)가 바로 저긴데

고난의 운명(運命)을 지고, 역사의 능선(稜線)을 타고
이 밤도 허우적거리며 가야만 하는 겨레가 있다.
고지가 바로 저긴데 예서 말 수는 없다.

넘어지고 깨어지고라도 한 조각 심장만 남거들랑
부둥켜안고 가야만 하는 겨레가 있다.
새는 날 핏속에 웃는 모습 다시 한 번 보고 싶다.

○   자유로운 운율을 보이고 있는 이 시는 국토 분단과 민족의 수
난을 소재로 민족적 과제인 통일에 대한 염원과 결의를 담고 있다.

○   **이은상** 1903년 경상남도 마산 출생 / 1925년 일본 와세다 대
학에서 수학 / 1931년 이화 여자전문학교 교수 / 1954년 청구대학교 교
수 / 1982년 사망

수선화(水仙花)

풍지(風紙)에 바람 일고 구들은 얼음이다.
조그만 책상 하나 무플 앞에 놓아 두고
그 위엔 한두 숭어리 피어나는 수선화.

투술한 전복 껍질 바로 달아 등에 대고
따뜻한 별을 지고 누워 있는 해형수선(蟹形水仙)
서리고 잠들던 잎도 굽이굽이 펴이네.

등(燈)에 비친 모양 더욱이 연연하다.
웃으며 수줍은 듯 고개 숙인 숭이숭이
하이얀 장지문 위에 그리나니 수묵화(水墨畵)를.

_시조집 '가람 문선' 1966.

○   3수의 연시조로 수선화를 통해 고전적 기품을 구체적으로 보여준다. 시인은 시조를 현대시의 한 장르로 자리 잡게 했다는 평가를 받는다.

○   **이병기** 1891년 전라북도 익산 출생 / 1913년 한성 사범학교 졸업 / 1921년 조선어연구회 발기 / 1942년 조선어학회 사건으로 피검 / 1946년 서울대학교 국문과 교수 / 1968년 사망

달 밤

낙동강 빈 나루에 달빛이 푸릅니다.
무엔지 그리운 밤 지향 없이 가고파서
흐르는 금빛 노을에 배를 맡겨 봅니다.

낯익은 풍경이되 달 아래 고쳐 보니
돌아올 기약 없는 먼 길이나 떠나온 듯
뒤지는 들과 산들이 돌아돌아 뵙니다.

아득한 그림 속에 정화된 초가집들
할머니 조웅전(趙雄傳)에 잠들던 그 날 밤도
할아버지 율(律) 지으시고 달이 밝았더이다.

미움도 더러움도 아름다운 사랑으로
온 세상 쉬는 숨결 한 갈래로 맑습니다.
차라리 외로울망정 이 밤 더디 새소서.

_'문장' 6호, 1940. 7

벽공(碧空)

손톱으로 툭 튀기면
쨍 하고 금이 갈 듯

새파랗게 고인 물이
만지면 출렁일 듯

저렇게 청정무구(淸淨無垢)를
드리우고 있건만.

_시조집 '박꽃'. 1947.

○　　　가을 하늘의 아름다움을 표현하고 있는 시. 티끌 없이 깨끗한 맑은 가을 하늘을 '청정무구'로 표현했다.

○　　　**이희승**　일석(一石) / 1896년 경기 광주군 출생 / 1908년 한성 외국어학교 영어부 입학 / 1927년 경성 제국대학 예과 수료 / 1930년 조선어학회 입회 / 1932년 이화 여자전문학교 교수 / 1946년 서울대학교 문리대 교수 / 1963년 동아일보사 사장 / 1967년 성균관대학교 교수 및 대학원장 / 1970년 학술원 부원장 / 1989년 사망

동백(冬柏)

백설(白雪)이 눈부신 하늘 한 모서리
다홍으로 불이 붙는다.

차가울사록
사모치는 정화(情火)

그 뉘를 사모(思慕)하기에
이 깊은 겨울에 애태워 피는가

_'자유문학'. 1959. 3.

○　　겨울의 모진 추위를 이겨내고 피는 동백의 의지와 정열을 임을 그리워하는 마음에 빗대어 표현하고 있는 작품.

○　　**정훈** 1911년 충청남도 대전 출생, 일본 메이지 대학에서 수학 / 1949년 시집 '머들령'을 발간하며 등단 / 1992년 사망

서해상의 낙조(落照)

어허 저거, 물이 끓는다. 구름이 마구 탄다.
둥둥 원구(圓球)가 검붉은 불덩이다.
수평선 한 지점 위로 머문 듯이 접어든다.

큰 바퀴 피로 물들며 반 남아 잠기었다.
먼 뒷섬들이 다시 환히 얼리더니.
아차차, 채운(彩雲)만 남고 정녕 없어졌구나.

구름 빛도 가라앉고 섬들도 그림진다.
끓던 물도 검푸르게 잔잔히 숨더니만
어디서 살진 반달이 함(艦)을 따라 웃는고.

_시조집 '꽃과 여인'. 1970.

한뼘 명시

초판 1쇄 발행 2026년 03월 01일

엮은이 편집부 / **펴낸곳** 아이디어스토리지 / **펴낸이** 배충현
출판등록 2016년 10월 14일(제 2016-000203호)
전화 (031)970-9102 / 팩스 (031)970-9103
이메일 ideastorage@naver.com

ISBN 979-11-989580-6-8 (03810)